病嬌女友

Love X Disease

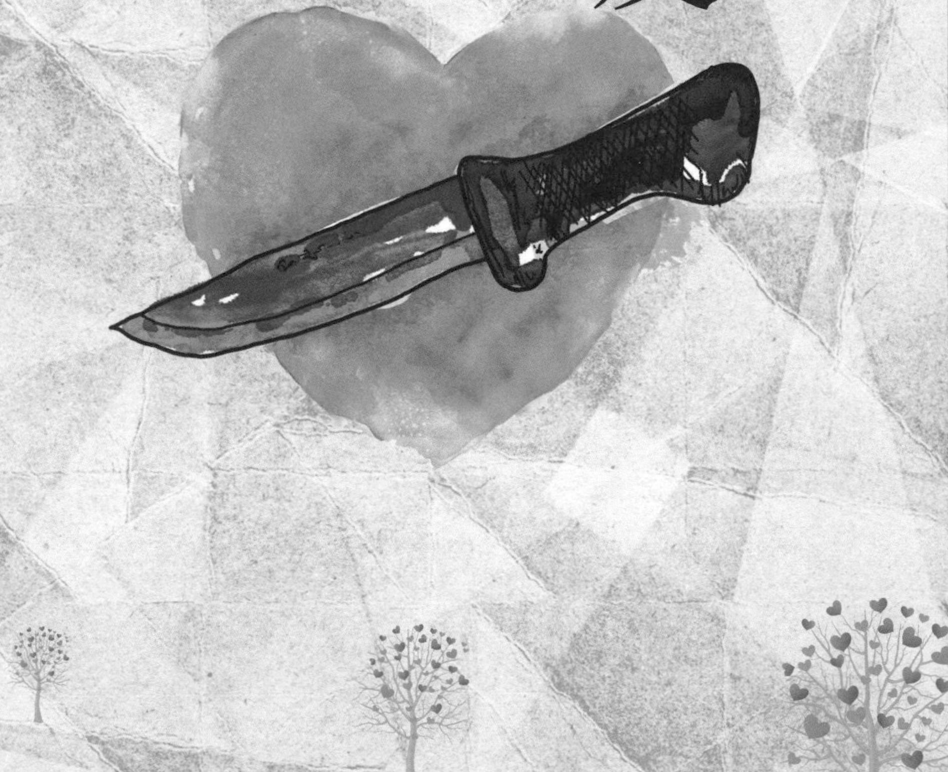

蓋子打不開——著

白象文化

目錄

序章　論愛的不同形式

「親愛的～」

「怎麼了？」

「今天商場那個搭到你手的女人是怎麼一回事？」

被迫坐在椅子上，彷彿是要與其融為一體般的緊靠椅背，我被人給五花大綁了起來。案發地點是自家的客廳。

至於犯人則是傾身摟住我的頸，一手溫柔輕撫我的頭髮；另一手淡定地拿刀架在我的脖子上。

問話的語氣既像是情人撒嬌，卻又像是檢察官在審問犯人。

「那天答應了我的表白後，我一直以為終於找到能理解我愛情的人。」

明明不論語氣還是台詞，聽上去都是極其溫柔。

卻因為她的情緒不穩、這將手腕綁得發疼的亞麻粗繩、在眼前不斷反光的刀子，此些元素揉合而成的這個現況下，她的台詞只令我感到全身發寒。

這個可愛無限卻又可怕無比的女孩子就是我的女朋友，小憐。

小憐雖然是個從行為舉止各方面來檢視都有些奇怪的女孩，但她的那些反常舉動似乎都是源自於對我的喜愛和渴望，在這樣可愛的動機之下實在是討厭不起來。

更何況是個美女。不僅如此，她雖然穿衣顯瘦但胸部卻意外的很有份量。

就連現在背上都能感覺到那飽滿的兩枚果實傳來的溫熱。

綜上所述，儘管個性上有著一些比較難以解決的缺陷，但總歸還是有驚無險地交往至今。

她的這種性格，我記得似乎是被通稱為……病嬌還是什麼的吧？

前陣子看的日本漫畫中剛好就有看到這種類型的角色。

若要簡明扼要地去解釋「病嬌」兩個字，

簡單地說指的就是愛一個人愛到產生偏激思想，更甚至會為此做出偏差行為。

他們的愛情除了往往異常沉重之外，還常伴隨著強烈的忌妒心跟控制欲。

舉例來說，我現在被綁起來面臨生死危機的理由，僅僅只是因為女店員找零的時候不小心碰觸到我的手大概幾毫秒的時間。

對常人來說無關緊要到不行的小細節。

「明明曾對我說過『這輩子只願意執起你的手』這種誓言，但是現在那雙誓約之手卻碰觸了別的女人……這樣算是偷情嗎？是什麼時候暗生情愫的？明明都已經對你的行蹤瞭若指掌到幾分幾秒會做什麼的程度了，怎麼還會發生這種事……明明是那麼地深愛著你。是我哪裡做錯了什麼嗎？」

一邊啜泣一邊委屈說著，

同時手裡那銳利無比的刀鋒離我的喉嚨又近了幾寸。

現場狀況有些混亂。除此之外，她口中無辜的說詞和手上致命的舉動兩者完全配合不起來。

甚至讓我有些疑惑究竟誰的立場更接近加害者而誰又是受害者。

但我能肯定現在離死亡更接近的人絕對是我。

「……沒想到和你的恩愛竟然會出現裂痕，看來只能一起殉情了。由我先殺了你接著再自殺，讓我們兩個到另外一邊的世界再繼續相愛吧……我愛你。」

正用溫柔的口吻對我傾訴著滿溢而出的愛情，與此同時卻也在腦中計畫著相當不妙的事情。

眼前這個為愛癲狂的女人即是我的愛人。

如同雙眼所見地那般正逕自歇斯底里著。

「為什麼要這樣為什麼要這樣為什麼要這樣……」

「因為日用品跟吃的都沒了，我得去採購食材我們兩個才不用餓死。」

「明明不去那家也行的，那賤女人竟然碰到了你。我好難過，我想捅了她。」

「……還請別這麼做，會給很多人帶來相當程度的困擾。」

像她自己、我、那個女店員跟其家屬、搜查辦案的警員們……等等。

更何況，在賣場那樣的場所出現這種等級的凶殺案也會為社會大眾帶來規模不小的恐慌。

「嗚嗚嗚嗚嗚……你竟然還幫她說話。果然就是劈腿了。」

「不是，我只是不希望這種小事演變成明天的頭條。」

「還、還在辯解！親愛的你腦袋已經被那魔女洗腦了！果然，只能先捅了你再去捅了那賤人，最後再捅了自己。唯有這樣才能解決問題重回恩愛的伴侶關係。」

「不，這樣到頭來妳什麼都沒解決吧？而且我們兩個都掛了，談何恩愛？」

「在另一個世界相愛依偎。什麼別的都不需要，我只要有你在就好。」

「雖然聽起來超甜蜜，但沒搞錯的話，妳是打算等等要宰了我對吧？」

「對滴～親愛的～」

用陶醉的表情握住刀子，雙手捧頰，充滿愛意的看著我說。

……為什麼一個人的表情可以在同一時間表現的既可愛又可怕？

搞不清楚應該要感嘆『這麼可愛的女孩子是自己的女朋友』，還是應該要哀嘆『這麼可怕的神經病是自己的索命人』？

不，這時候不是想這種無聊事的時候。

再不說點什麼的話真的會看不到明天的太陽。

「小憐。」

我用溫柔慎重的語氣佐以愛稱輕聲呼喚對方，希望能藉由吸引注意力的方式讓她放下那隻持著刀的危險右手。

「怎麼了親愛的？這麼慎重其事？別怕哦，就只會痛一下下而已，很快就不會痛囉！」

當然要慎重其事呀，不然小命就快要不保了耶。

生物的求生意志可是很強烈的哦。

還有，不要用那種護士打針的方式哄我！這兩個中間的差距可大了。並非是不會感覺痛，而是再也不能感覺到痛。

「……聽我說，小憐。」

「嗯？」

「最愛妳了。我願以一生相伴相隨，永不離棄，絕不背叛。」

從口中緩緩吐出愛的語句，以我所知道最真誠的方式。

雖然自己都覺得有點肉麻沉重。

「唔……反正一定覺得我是好騙的女人對吧？才、才不會相信花言巧語。」

然而對方並沒有因此放下持刀的手，而是稍稍把頭偏過去，試著想要否認我話裡飽含的真心。

哦，有戲。

從這反應看來相當有效，得趁勝追擊才行。

「不，我從不覺得妳是好騙的女人。相反的，我覺得妳是最好的女人。」

根據經驗，大概只要再補上這麼一句，二連擊就能將對方拿下了。

「欸、欸？嗚哇，別、別突然這樣啦！很害羞的，知道了啦知道了！今天的事就當成是意外好了，原諒你了啦！笨蛋！」

嗯哼嗯哼，從對方那羞紅的表情中能看出十分有效。

還有就是她口中的台詞也從病嬌變成傲嬌了。

雖說我這邊還有很多想要解釋、喊冤跟吐槽的，但多講只會多錯。

……所以這邊還是少講兩句吧。

「親愛的，我幫你鬆綁。我們下次不要再吵架了哦。」

經我一番令人雞皮疙瘩掉滿地的土味情話之後，才終於肯和我重修舊好的小憐將刀子扔到地上並『熟練』地替我鬆綁。

不對，這能算是吵架嗎？只是我單方面被虐而已。

像這樣子的戲碼每週裡面總會上演個一兩次，所以無論是她還是我都有些習慣了。每每只要她吃醋或者是忌妒，最後總會演變成這個樣子。

普通人的女友也多會為了這些小事鬧彆扭，只不過我的狀況比較特別。

別人的情況弄不好會鬧分手，我的伴侶則是會鬧殉情。

「那個……今天也差點把親愛的殺掉了。買了很多食材對吧？有想要吃什麼嗎？我去弄。」

小憐將我鬆綁後，那副溫柔賢妻模樣之令人憐愛甚至讓我差點忘記這是剛才要拿刀捅我的人。

「……險些掛掉弄得我好餓，我想吃蛋包飯。」

「親愛的對不起，我馬上去弄。」

在我額頭上親了個溫柔的吻後便去廚房裡面忙燒菜了。

明明平常是這樣小鳥依人的好女孩，但發起病來的時候卻真的很要命。

要問我為什麼能夠接受這樣的相處模式的話……

老實說，總是受到性命威脅這點我也覺得很困擾。

可每次只要看到兩人和好後她臉上那幸福地像是笨蛋一樣的笑容，就覺得這個女孩子還是挺不錯的。

更何況能為了我做出那麼偏激的舉動，這世界上應該找不到第二個像她那樣如此深愛著我的人吧？

雖然心裡也知道彼此之間愛情的形式有些奇怪，但倘若真要探究起來『愛情』，它不是本來就很奇怪嗎？

我想能夠以這種理由接受這樣關係的我大概也是怪人吧？

那麼，再讓我把這種思維邏輯繼續延伸下去的話。

我最近覺得……

兩個奇怪的傢伙不受一般價值觀約束地以彼此獨有的方式相依相偎，這豈不是既般配而又浪漫的一件事嗎？

「親愛的，可以幫我把繩子和小刀收進櫃子嗎？下次用的時候才找得著。」

從廚房傳來的聲音令我不禁莞爾一笑。

到底什麼叫做下次用的時候會找不到啦。

再說，那種『凶殺案組合包』不該以會用到為前提妥善的收在家裡才對吧？

嗯，我想果然還是很怪。

——這樣子的關係很奇怪。

「好。」

說著『好』回應廚房的我，心裡究竟覺得好還是不好呢？

嘛……我想也沒什麼不好的。

一邊收拾剛才差點成為兇案現場的自家客廳，一邊露出心情複雜的微笑。

與此同時，卻也在心裡默默感謝從前不曾信仰過的神祇。

謝謝祂賜給我這段怪異之中卻又偶爾帶些溫馨的感情關係。

第一章　病嬌女友與我的通訊裝置

「同學，為什麼我昨天只是傳訊息要通知你下週交的報告，今天早上就收到來自多個不認識帳號的死亡恐嚇警告我別再接近你？而且你的帳號還突然把我封鎖了？」

一位看起來十分混亂的女同學拿著手機叫住我問。

惶恐、不舒服、憤怒、無奈多種情緒混雜在一起使得她臉上的表情相當複雜。

要是我沒記錯的話，這人應該是我們班的班代無誤。

啊……不會吧？這種事情又來了。

每當我看到有人帶著這種表情來和我講話，我就知道發生了什麼事。

「那個，我很抱歉。因為一些個人因素導致我沒辦法收到妳的訊息。」

「可是之前都沒這種問題的。我只是想說如果你真的很討厭我的話可以當著面說出來，沒必要刻意用這種拐彎抹角的方式。」

用帶些譴責的視線朝這看過來，班代滿臉厭惡地指著我說。

……也是啦，在她看來就只是我無故單方面把她封鎖還做出威脅罷了。

雖說兩人之間也並非多麼熟識，但發現自己在社交軟體上被他人封鎖還是會覺得奇怪吧？更何況還因此收到了陌生帳號的死亡恐嚇。

真是對不起她了，只是想善盡自己的職責聯絡一些交代事項，結果卻在隔天早上發現這些莫名奇妙的事情。對此，我想她絕對有十足的理由感到委屈。

那麼。

是什麼原因導致看上去這麼荒謬的事情發生的？

無須多加思考便能知曉其答案。必定是我女友小憐所為。

「不，事實上我並不怎麼討厭妳。但倘若我被發現有任何一丁點喜歡妳的跡象的話都會使這個案件變得更加複雜，更別說還有可能會牽扯、傷害到更多人。」

「……蛤？你在說什麼東西？別的先不管，總之以後聯絡不到你也不能怪我，要自己記得這些事情哦。另外也請不要再發那種惡作劇一樣的死亡威脅了，我不排除提告。」

因為聽不懂我在說些什麼的關係，班代直接放棄溝通，轉身離去。

看著這個我不太熟識的女同學離開的背影，儘管我有很多想要解釋的，不過顯然並沒有那個機會。

第一點，死亡威脅並不是我發的。第二點，我也多麼希望那只是惡作劇。

嘛……我八成又要因此而被當成是怪咖了。

像這樣子的事情已經是這個月第三次了，每每只要有女性頭像或女性名稱的人對我的社群帳號發來訊息都會變成這個狀況。

小憐會監控我的手機並將那些人封鎖，在此之上還有高機率用其他帳號對她們發出警告。

雖然我未曾實際見過內容，但根據受害者們的回報來推測，似乎也都較為偏激。

明明我手機從不離身，她究竟是用什麼手段？又是在什麼時候監控的？

這些問題的答案都不得而知。但能確定的是現在我出門時最好時刻假設自己是處在被監聽加監視的狀況。

「頭疼呀……」

獨坐在位子上輕揉著自己的太陽穴不禁說道。

「嘿憫人，怎麼樣呀？剛才班代找你什麼事？看你好像很困擾的樣子。」

一邊用不論男女都會對他產生好感的溫柔微笑喊著我的名字，一邊熟練地逕自坐到我前面的空座位，側過身來和我交談的這個人叫作偉哲。

因為好相處又隨和的個性使他在同儕間很有人氣。

對我而言則是摯友兼鄰居兼國中到現在的同班同學。

要我自己來說的話，這種能持續近十年的同學緣分實在是很不可思議。

「沒什麼啦。只是我女朋友又闖禍了。」

對於他的提問我沒什麼好隱瞞的，自然也就如實以答。

「是嗎？這種說法好像是這個月第三次聽到了，只靠想像實在很模糊呀。你的女朋友是什麼類型？常闖禍……所以說是笨手笨腳的呆萌冒失娘嗎？聽起來很可愛呢。」

……呆萌的冒失娘嗎？

要是有這聽上去一半無害就好了。

「不是。我想比那要再嚴重不少。可愛……應該算是吧？但同時也很致命。」

「哦哦？原來是朵美麗又致命的帶刺玫瑰呀。話說，你什麼時候說話這麼文藝了？沒想到戀愛真的可以改變一個人呢。」

「我並沒有用上任何修辭，單純就是如字面上那樣，很致命。」

偉哲似乎沒能意會我所說的意思，誤以為我只是把話說得比較帶文藝範。

我確實是每天都在死亡邊緣掙扎，若稍有不謹慎就有可能得跟我的女友一起殉情。很致命這點是千真萬確。

「這樣呀？那就是脾氣不好的類型嗎？」

「呃……這樣說也不太對，該怎麼解釋才比較精確？反正就是病嬌。」

「是沒聽過的新詞呢。你這孩子以前會說這種艱深的詞彙嗎？果然還是愛情帶來的改變吧？老實說你跟我講交到女朋友的時候我還有點擔心，怕你被不知道哪裡來的壞女人給騙了。」

「你是我老媽不成？在擔心什麼？」

因為這種話從自己為數不多的朋友口中說出來實在是太奇怪了，令我不禁吐槽道。不過再次細細想來，卻令我重新意識到我這吐槽的本身也很值得吐槽。

——那個作為我生母的女人是不會操這種心更甚至講這種話的。

如果那麼做的話實在是太自打嘴巴了。

要說壞女人的話，她自己根本就是個完美範例，那種不顧家庭和婦德，拋家棄子與情人私奔海外的傢伙正巧就是我腦海中所能構思出的最壞女人模板。

「哈哈哈，抱歉抱歉。不過……我想你女朋友一定是個品性優良、令人尊敬的好孩子吧？」

「……不對吧。剛才至今為止的對話是怎樣讓你得出這個結論的？」

這人怎麼沒頭沒尾的就給予了很高的評價？

明明甚至沒看過小憐本人，更別提也沒看過她舉著刀子在半空中揮舞的模樣。

「畢竟，自你父親走後你好長一段時間都過得像是行屍走肉。簡直……就像把自己的心給關起來似的。總是散發著生人勿近的氣息，別人乃至於我問話也都不怎麼搭理。」

露出悲傷難過的表情說著，彷彿他在訴說的是自己的故事般。

偉哲這個人之所以能在每個小團體都和大家處得很融洽的原因，想必就是這份同理心吧？

又溫柔又風趣，樂觀而又體貼，人還長得帥。

這人不簡直就是我的反例嘛。

「是、是這樣子嗎？抱歉讓你擔心了。」

扯題了。重新聚焦回他講述中的那個我。

……原來那幾年的自己在別人眼中是這種感覺嗎？

我對此倒是一點自覺都沒有。

關於那個養育我的男人……說起愉快的回憶可以說一個也想不到。

變化始於母親跟人跑了之後，父親也跟著性情大變。

他在此之前是個怎麼樣的人，如今我不論怎麼努力去想都已經回想不起來，憶起的全是他拿著酒瓶對我行使暴力的畫面。

因為在他眼裡我的存在一次又一次地提醒他失敗的婚姻，所以只要看到我，他總會克制不住自己。

拳打腳踢只是家常便飯，偶有皮鞭或球棍。

不過，要說最疼的果然還是拿酒瓶丟我。因為碎掉的玻璃扎進皮膚裡流淌而出的鮮紅液體，那個景象果然一輩子都忘不掉呢。失血和小孩子對死亡的恐懼而造成的暈眩，直至今日再回想起來都令人寒顫不止。

最有創意的一次則是在一個寒流到來的冬天讓我衣著單薄地罰站在家門外三個小時。那次感覺自己真的離死亡很近，也特別印象深刻。

他的暴力就是那麼的充滿變化。明明這些事一點都不好笑而且還很痛苦，但也不知為何，一想到他能搞出那麼多種招數，我的嘴角還是禁不住上揚微笑。

要是對我施暴是一種競技運動的話，他絕對有那個能耐奪得金牌。

其實我大可以向有關單位舉報這些暴行，那時候的我具備著這樣的知識。

只不過對於當下的我來說已經先是沒有了母親，要是再接著失去父親的話，就真的只剩下我一個了。

因此，儘管是和這樣糟糕的父親相處比起來，還是更不願意面對獨自一人的恐懼。

其實稍長大一點後就知道一個人根本就不會怎樣，甚至在一定程度上還比較自由。

你可以說那時候的我實在是很幼稚，連這點都想不透。

總之，對年幼的我來說是根本不敢想像無父無母的生活。

儘管我多麼不希望他也離開，但現實對待我的方式基本上是依循著『莫非定律』來運作的，怕什麼就來什麼。母親離開的兩年後，我愚蠢的父親就因為酒駕而把自己給撞死了。

值得慶幸的是他沒有傷到別人，這點絕對算得上是不幸中的大幸。

在他的喪禮上我顯得很茫然。

就這樣子？我本以為面對至親、面對每天都會看到的人、面對生下我的那個男人、面對每天對我施暴的人……我原先覺得我會看著他的棺材痛哭又或者是因從暴力中解放而喜悅。

事實是我並沒有任何特別的感覺，無論是悲傷還是解放感，兩者都不存在。

盯著楠木製成的棺材，僅只是感到不知所措。

遠房親戚們表面上紛紛誇讚我成熟，明明還是孩子卻一滴淚也沒流下來。

私底下他們則是在討論我的安置問題，沒有一個人願意接手這個燙手山芋。

得知這個事實以後，先是無窮盡的孤寂襲上心頭，而後那在心中醞釀形成了一種自卑。直到多年後的今天我都不敢說我擺脫了它。

在那一瞬間，年幼的我認知到自己是不被需要的存在，這個世界上沒有一個人會願意留在我的身側，即使有也肯定會被命運給帶走，就像雙親一樣。

那一刻的我和在場所有遠房親戚說「自己一個人能活下去，不需要照顧」。

當時他們每個人聽到這句話後都假惺惺地說著「這樣不行，你才國中而已」、「一定還會有更好的辦法」、「交給叔叔阿姨們」……實際上我知道每個人心裡都鬆了一口氣。

最終，這樣虛偽的討論不了了之。

而我也如願以償地拿著亡父的遺產和保險金過活。

算了算金額，是筆夠我生活到出社會為止都還沒問題的不小數字，那糟糕的父親唯獨只有在財務管理這件事情上做得特別優秀。

嘛……到這裡為止大概就是我的起源故事了。

這樣講起來好像有種超級英雄的感覺，不過還請別被那種錯覺給誤導。除開無父無母外，我就只是個普通的死老百姓。

既不能從手裡發射蜘蛛絲，更不能從眼睛放出熱射線。

「怎麼了？突然發呆了起來？」

「沒什麼。有點想到以前的事情，你繼續說你的。」

「就是說自從你半年前和現在的女朋友交往之後，臉上的表情豐富了很多。」

「是嗎？」

「對呀，雖然大多時候都比較誇張。但只要能看到你再不像之前那樣彷彿毫無情緒般的苟活著，我就很感謝那個素未謀面的女孩子。」

表情之所以會變得很誇張，我想多半都是因為我得知了那些小憐做的很誇張的事情後從而反應在臉上的緣故，並不是我這人變得活潑開朗。

「……是這樣子嗎？」

「一定是一定是。得要記得好好珍惜人家才行，不可以傷害女孩子哦。」

偉哲又擺起了老媽姿態，對我細心叮嚀道。

這點自然是不用他多說，願意和我待在一起的人我沒理由要去傷害。

不過真要說起來，倒是我這邊希望小憐不要整天想著傷害我才是。

明明她只要改掉愛吃醋跟病嬌的特質後就沒什麼能抱怨的地方，但唯獨就是這兩點令人有些小困擾。

「嗯，感謝你的心靈雞湯。我回去了，明天見呀。」

因為接下來沒排課的關係，我對偉哲告別後離開這間位於地下室所以收訊很差的教室。

一到外頭手機便開始瘋狂震動，就像是按摩棒一樣嗡嗡嗡的劇烈震動個不停。

手機裡那個知名的綠色通訊軟件中的未讀訊息顯示為999+，明明出門的時候還沒有任何新通知，現在卻滿到都溢出來了。

絕大部分都是來自於小憐的，我想也是啦，會找我的人大概也就只剩她了。

以下訊息由老至新排序。

「親愛的，我今天在網路上看到一款好漂亮的口紅，我想要買來狠狠地親在你臉上。」

「今天有沒有想小憐呀？我在學校的時候一直一直都想著你哦。」

「怎麼不搭理人家？好壞……是故意想要讓人家心癢嗎？」

前面還是一些閒話家常、調情和飽含少女思念的問候。

不僅是字裡行間充滿年輕女孩的感覺與對我的迷之愛戀，更是在其中加了許多可愛的符號。

說實在，這些都挺惹人憐愛。

要是能一直保持住這種風格，角色形象不要突然黑化變得癲狂該有多好。

時間軸繼續滾動，接著是半個鐘頭後的短訊。

「……親愛的？人不見了？出事情了嗎？」

「如果沒事的話，請務必報個平安令我放心。」

訊息中的語氣開始逐漸變得擔憂起來了。

隔著手機屏幕我也能感受到她的慌張不安，似乎是很擔心我因為出了什麼事情而導致無法回信。

考量到替愛人的安全著想、擔驚受怕的這份心，作為一個女友還是顯得很貼心的。只不過……

一般來說會只因為半個小時聯絡不上就這麼小題大作嗎？

然後是一個小時後。

「不見了？不見了？親愛的不見了！」

「憫人他不是會不告而別的類型，鐵定是被綁架了！得……得要報警才行。」

會發出這樣的訊息的話，很明顯已經是陷入恐慌了。

雖說，若是如她所想的那樣發生了綁架事件，的確是應該盡可能把握黃金救援時間。但這個大前提是必須先確定案件真實性，這樣慌張地打過去警局只會增加執法單位和社會的不安。

以我的狀況來說，是真心希望她沒有打到警局去的。我不想鬧上社會版。

接著是一個半小時後。

「先等一下下，這不對。綁架案是那麼隨便就能遇上的嗎？更何況手機被我定位了，就算是被人擄走我這邊也會在第一時間知道才對，而且從座標上看來人應該還在學校才對。」

「報警的事就先做罷。可是親愛的你為什麼不回我呢？刻意捉弄人家？」

「可是這樣也說不通……我的達令不像會開這種玩笑的人。」

從這個時間段的訊息裡頭能找出一個好消息和一個壞消息。

好消息是小憐重新理性思考了綁架案的可能性，並在最終排除了這個假設沒去胡亂報警。

壞消息則是我從她口中得證了『自己手機正遭到監控』的這個事實。

兩個小時後。

「已經連續兩個鐘頭沒跟親愛的講上話了，小憐我覺得自己已經快要死掉了。寶貝你到底在哪？

「在哪裡呢？究竟在做著什麼呢？」

「啊啊啊啊！該不會……該不會在跟昨天發簡訊的那個臭女人調情？」

「可惡，好可惡！早知道昨天發現的時候就應該通知老爺子把她解決掉。」

「竟然想偽裝成聯絡班務的方式偷偷接近我的達令，接著在不經意的頻繁交談裡日久生情，抓準機會在我們的愛情中見縫插針。然後慫恿達令拋下我，兩人私奔到我找不到的異國小島。沒想到能想出這麼天衣無縫的劇本，真是可恨！太歹毒了這個女人！熟練到讓人覺得不可思議，莫非是早有預謀的嗎？畢竟我的男人確實好得不行。」

短訊的字數都開始多到已經不能稱之為短訊了。

其中內容多半是由其忌妒心和妄想構建而成的，也大概是從這邊能看出小憐她的病嬌思維又開始發力。

而且，不得不去讚揚的一點是她妄想的功力，竟然能想出這麼一套完整的劇本。

越發覺得我們班代無辜了，只是在為自身職務盡責的同時卻不知不覺地被攪和進了個這麼麻煩的事情裡面。

兩個半小時後。

「不行了，美麗的愛情被外面的骯髒女人給玷汙，我的愛人要被那種偷腥貓拐走了。怎麼辦怎麼辦怎麼辦怎麼辦怎麼辦。」

「我不想活在這個失去達令愛情的世界……果然只能殉情了。」

「先請假回家，等等再來研擬該怎麼解決這些事情的具體計畫，首先應該要先捅了那女的、再來捅了親愛的、最後捅了自己。在另外一個世界繼續相愛，隨後投胎轉世來生再相會。完美。」

沒得到我回應的時間越久，小憐的醋意和危險思考也越發爆走。

負面消極和大膽的想法全部混合成一團，隨後在她的心中凝結成漆黑一片的純粹殺意。

要我來評的話，這個計畫根本糟糕到不行，到底有哪一點完美蛤？

三個小時後。

「殺。」

「殺殺殺殺殺殺殺殺殺殺殺殺殺殺殺殺殺殺殺殺殺殺殺殺殺殺殺殺殺殺殺殺……」

已經完全失去了理智的小憐發了一整螢幕只有這個字的短訊，不斷重複的殺字甚至產生了些語意飽和的現象。

為避免最糟糕的狀況發生，我想現在首先要做的事情就是發通簡訊告知沒能回信的理由，接著手刀跑步衝回家，免得待會她真的提著銳器來到校園行兇。

雖然從我的立場來說很想順便發通簡訊提醒班代「快逃命呀！」，不過你也知道她的聯絡方式已經被設成拒絕往來戶了。

況且要是用這台被監控的手機再次傳訊給她的話，天知道被小憐發現後她會怎麼想？事情絕對會更加惡化。

「(呼——呼——)」

一邊用跑百米的速度全速朝向自己和小憐同居的家猛衝，一邊手機傳訊給正打算要做出傻事的她，祈禱她能快點看到我的訊息。

因為疾跑外加分心打字的關係，沿途還差點被車子撞到，幸虧都險險地避開。

關於違背交通安全規則這點，真的很抱歉。

但我現在實在是沒有時間和心力去在意那些事情。倘若放慢速度，即使沒被撞死，最後也是會被女友捅死的。

「……開門開門開門開門開門。」

不停慌忙敲打自家的門板，希望小憐能快點出來應門，然而並沒有回應。

所以我只好慌忙從隨身的斜背包裡翻找出鑰匙，克制住手抖將之送進鑰匙孔裡轉動。

此刻我最怕的就是下一秒發現電燈沒開、裡面沒人，因為那代表小憐很可能已經出去做了些無法彌補的錯事。

「小……小憐？」

幸虧那樣子的事情沒有發生，雖說電燈確實沒開，但女朋友的身影有在我面前出現。儘管很明顯地能看出精神狀態並不太好，但只要她人還在家事態都不算太過嚴峻。

現在回過頭來說說她的狀況。

側身對著我的她整個人雙眼無神，就像是斷了線的木偶一樣癱坐在地上。

隨著我的叫喚才緩緩將頭轉向我這邊，臉上帶著淚痕，蒼白的臉上沒有什麼血色。就只是那樣看著我一語不發。

仔細一看，手邊怎麼又多著把菜刀了？

當然現場很明顯地也沒有任何剛剛做過飯的跡象，那這刀不是拿來切菜的。

以上的要素再搭配上因沒有開燈和拉開窗簾而顯得昏暗無光的房間，這個景象有點像是恐怖片裡會出現的場景。

又或者是遊戲裡面對最終大魔王的那種感覺，看起來最少也得有三條血量。

「親……親愛的？你回來了？」

「對，是我。我回來了。」

「嗚嗚嗚嗚嗚嗚……你都沒有回覆我的訊息。我還以為你不要我了！」

啜泣著扔掉手上的刀子，向站在玄關的我飛撲過來。

死死抱住，甚至弄得我覺得有點疼。為什麼明明是女孩子但力量卻這麼大？

彷彿像是在擔心一鬆開手我便會從她眼前消失那樣，緊抱不放。

「乖乖乖。」

宛若在撫摸小動物那般，我用自己以前傷心難過時希望有人對我做的方式，輕拍著她的腦袋。

然而緊抱住我的她並沒有因此停止住哭泣，身子也依舊隨著紊亂的呼吸聲而顫抖著。淚水將我的衣襟浸濕。

「怎麼可能，我不會那樣做的。」

「騙人，你一定是因為在跟路邊的壞女人眉來眼去才不理我的。是不是昨天傳訊息給你的那個偷腥貓？」

「真要說起來……的確是有跟她說到話，不過不是妳想的那樣！」

「嗚哇啊啊啊啊！果然是這樣子！幫忙把菜刀拿過來給我，我要去『料理』那個女人！

請她吃一頓粗飽！」

這次換我使勁全力，不要命般抱住小憐，為的是不要讓她再有機會去把刀拾起。

被擒住的她一把鼻涕一把眼淚地放出有些駭人的威脅。

「妳說的肯定不是煮飯給她吃那麼友善的事情吧？乖哦乖哦，不要拿菜刀。」

我也抱緊在懷中不安分扭動的女友，我試圖安撫她並且一邊抱著她一邊往後退一點，盡可能地讓她離凶器遠一些。

「你又在幫那狐狸精說話了！嗚嗚嗚嗚！你不要我了！」

「好扯，我哪有。」

「有。你有！絕對有！」

開始盧洨洨了。

雖然不知道其他的情侶們都是怎麼認為的，但起碼我自己把這種行為視為是一種撒嬌。

雖然真的很麻煩，但既然是在撒嬌的話，我總不可能兇她或是怎樣的吧？

就只能繼續任由她牽著鼻子走，維持這種節奏，看她什麼時候氣消。

「今天是因為在地下室上課的關係，沒有訊號，回不了訊。」

「……欸？嗯？是這樣子嗎？」

聽了我的解釋後，懷中的小憐終於開始不再胡亂扭動。

也許我應該一開始就說出來才對，而不是一直被她的節奏帶跑。

「嗯哼，你誤會我了。」

「哦哦……好像真的是這樣耶，抱歉。」

得知自己理虧後小憐的病嬌模式解除掉了，用手擦擦眼角，把淚拂去。

無論是表情還是講話的語氣都重新回歸平靜日常。

局勢反轉。既然已經無理在先，那就不能取鬧囉。

……起碼我原本是這樣以為的。

「雖然是這樣沒錯，但我的氣可還沒消，因為你讓自己可愛的女友擔心了整整三個小時。」

「……唔，的確是。」

「所以說這代表我還可以繼續撒氣對吧？」

「我覺得事情不是這樣子運作的。但即使這樣講了也沒用對吧？直接說吧，妳想要我怎麼補償妳？有什麼想要的東西嗎？」

從結果來看，我只是消除掉了女友的行兇動機。

以情侶吵架的角度而言，這件事情還沒正式落幕的樣子。

對於『情侶吵架』這件事，我的理解就是男方永遠是下風的，既然最後都是道歉然後談補償，那中間爭執的過程豈不全是純屬浪費時間嗎？

所以說呢，趕緊道歉然後商議補償措施。

等候女方心情變佳，自然也就重歸於好了。

「姆……我想想……啊！我想要抱抱！」

思索片刻後，她給出了這樣的答案。

「現在不就正在這麼做？」

「不一樣！現在這個是吵架的難過抱抱，我要求的是和好的開心抱抱！」

「完全就聽不懂妳在說些什麼。總而言之，只要抱過，今天的事情就算扯平了對吧？正好趁此機會，妳也順便讓我體驗這兩種抱抱差在哪裡吧。」

儘管文字並不能為我的大腦帶來理解。

但人們總說實踐出真知，也就是說做做看就知道了對吧？

「好的好的。抱抱！抱緊緊！我最喜歡你了親愛的！」

小憐這樣說著又再次抱了過來，氛圍似乎有比剛才再甜膩一些。

而我也大方回擁，用雙手將她緊緊環繞。確實是跟剛才不一樣的感覺……起碼我自己是很想這樣說啦。

「我怎麼覺得都一樣。」

「……這麼說好像也是。」

「喂！妳自己都不相信的嘛！」

儘管互相說著這樣的話調侃著，但這個擁抱還是維持了相當長的一段時間，彼此都不想放開。

雖說觸感上都是一樣的。

但我總覺得或許如小憐說的那般，這世界上真的有『難過抱抱』跟『開心抱抱』之分存在也說不定。

一直站在玄關也不是辦法，腿也很痠。

所以我們幾分鐘前移步到了沙發上，保持不變的是依舊相擁著。

整個空間彷彿套上了粉紅色泡泡的甜蜜濾鏡般，這個才是一般情侶該有的感覺嘛。

除開地板上那把煞風景的菜刀以外，一切都顯得那麼美好。

趁著這樣的好氣氛，也許可以……

「對了，小憐。」

「嗯？怎麼了？」

用手輕撓靠在自己身上的她的下巴，我試著用相對輕鬆的方式開啟接下來的交涉。

「那個，可以不要監控我的手機嗎？我猜是妳叫老爺子去辦的沒錯吧？我覺得還是盡量別給他添麻煩比較好。」

除此之外，還留有餘力的話，也請不要給我添麻煩。

這句我沒說出來。

「不行哦。」

「……不是，妳看他畢竟也年紀不小了，別老要他幫妳做這種事情才好。」

「沒事的沒事的，這事不麻煩。憫人你不用擔心。」

妳當然不麻煩，因為麻煩的是我呀。

雖然很想這樣子抱怨，但這句我也沒說出來。

「但是……」

「你不用擔心啦。」

就這樣，交涉無果。

看來以後我的手機也得無時無刻被女友監控，既苦了我也苦了老爺子。

至於這個老爺子是誰呢？雖然不曾見過，但卻時常在閒聊中聽小憐提起。據說不論身手、機械操作能力、諜報能力、法律專長、醫學知識、廚藝……等等技術都是業界一等一的人才。

是過去被她爸爸派來負責照顧小憐，類似於管家一般的人。似乎年齡已達到了六十出頭，但與高齡相反，身子卻依然健朗。

現在的工作則主要是幫忙她收拾爛攤子和做一些法律灰色地帶的事情。

嘛，這些事我也不是了解得太清楚。

其實直到現在為止，除了知道小憐是某一家大企業的千金小姐以外，我對她家的狀況幾乎不太了解。作為男友好像是應該要找個機會問一問，關心一下才對。

「怎麼突然發呆？在想什麼？」

「沒、沒啦。沒想什麼重要的事。」

「情侶間不能互相隱瞞，快說。」

只是在想萬一妳的父母不喜歡我怎麼辦，這種事情怎麼說出口？

「呃……嗯……想說不如來換支新手機好了。」

就只是隨便說點什麼話用以隱藏所想之事。

前陣子知名水果品牌的手機似乎又出新的旗艦款了，換一下好像也不錯。

「你剛剛才說不要給老爺子添麻煩的。你要是換手機的話，不就是在給他增添工作量嗎？」

小憐她用著一副『所以說，你這人就是不懂吶』的表情盯著我說。

「欸？妳剛說什麼？」

「沒事。」

總感覺不知不覺間聽到很不得了的消息。

所以說剛才那句話的意思是我不管更換幾個通訊裝置，小憐都有辦法下令讓老爺子幫忙監控我的位置和聊天紀錄嗎？

「快說，是誰剛才講情侶間不能互相隱瞞的？」

「沒有隱瞞。我這是少女的祕密，再問下去可就不紳士囉。」

「好賊哦。性別優勢發揮得淋漓盡致。」

維持著像這樣風格的對話，兩個人擠在同一張沙發上閒話家常，令我覺得舒適愜意。

過去父親活著的時候時不時還會對我動粗、爆些粗口。

但在他走後就真的只剩下自己一個人了，沒有人和我對話、也沒有人和我互動。

那些時光都是怎麼度過的呢？一點印象也沒有。

能像這樣在這個曾經充滿各種不舒服回憶的家裡面和女友依偎吵鬧，是過去不曾想過的事情，現在的生活簡直如夢一般。

要是哪天小憐離開，我會變回朋友口中說的那樣行屍走肉嗎？

如果她的大企業老闆父親不滿意我的話，那她離我而去的日子自然也不遠了對吧？

想像一下重回孤單的自己。

若走到那時還能忍受住寂寞嗎？現在的自己實在沒有這種自信。

在這交往的半年間，我對小憐的依賴不自覺地多了很多。

可見，對另一方染有了依存症的可能不單只是病嬌的她也說不定。

第二章　上市櫃公司大企業家的千金

「嘿嘿嘿，這影集真有趣。」

今天是個平凡的休假日，不用去大學點名的我和自己的女友小憐一起待在家裡耍廢。她包裹著棉被，一邊吃著袋裝的餅乾一邊用筆電在網路上看似乎是美式卡通的影劇。從我的角度來看就是一團球狀的不明生物體佔掉了我床鋪的大半位置。

不僅如此，她還沒戴耳機，並且將音效開到最大聲。

單就只是這樣我是不會有所意見的，但唯獨希望不要挑我看書的時候。在假日的時候躺在床上看小說已經是我為數不多、難能可貴的愛好了。

「那個……小憐，妳怎麼不去客廳看？」

「因為你在床上閱讀呀。」

完全不理解為什麼她會理所當然地說著這樣的事情。

我最近開始常會想，我女朋友除了愛情觀異於常人以外是不是還有點腦筋不好使。

「不不不不。依照正常狀況來說，知道一個人在床上閱讀，最先想到的絕不該是去他旁邊看卡通然後把聲音催到滿吧？」

「可是……人家不想離開你身邊嘛。」

聽到我話中想趕她去客廳的意思，這團棉被球開始委屈地說著。

唉呀呀呀，說著這樣可愛的話，我不就沒辦法再繼續對她板著一張臉了嗎？

「好啦好啦。妳在看什麼？我來陪妳。」

這樣看來，繼續閱讀是沒門了。

我索性放好書籤將之闔起，稍微挪動身子移動到棉被怪的旁邊坐下。

隔著被褥摟住她的腰，拿起一塊餅乾塞進嘴裡。

靠在一起陪伴愛人觀賞她喜歡的影集，這也是種平凡的幸福吧。

湊近一瞧，螢幕上的果然是美式卡通。怪不得剛才看書時聽到的淨是些英語對白。

我自己的英文聽力水平並不是很好，好在下頭有中文字幕，不然我會看得稍嫌吃力。

「棉被分你一些。」

小憐將我也捲進棉被堆裡，還把身子靠在了我肩上。

旁人看來，這一幕就像是原先的棉被怪在將我也吸納進去後變得更大了些。

兩人包裹在一條被子裡。這裡頭全是她的體溫，稍嫌悶熱。但我似乎並不怎麼討厭這種感覺，身心都覺得暖洋洋的。

看見標題知道了這部片的名字後我用手機上網查了下它的基本資訊，是部在Net○lix播放的成人喜劇卡通，沒想到竟還得過不少獎項。

主角是一名五十多歲半人半馬的男演員，曾經在九十年代以情境喜劇成名。收穫成功後，他迷失在好萊塢的鎂光燈之中，也在其中墜落。

從目前我所看到的劇情和畫面等資訊來評斷，這是部充斥著許多黑色幽默和社會諷刺的動畫片。

藉此為包裝用相對輕鬆的敘事方式探討一些社會上比較複雜的話題，諸如宗教、家庭關係、毒品、酗酒、教育、貧富差距、媒體操弄……等等。

透過有著自我毀滅傾向的男主角、其複雜的人際關係，和他那紙醉金迷又墮落的好萊塢生活，組合成一集又一集的故事用詼諧的手法來訴說道理。

只能說老美真的很熱衷於製作這種給大人看的卡通。

看的時候相當有趣，但當反思劇中情節並套入到現實生活的時候卻又覺得無比殘酷。

人生如戲，戲如人生。

令人悲傷的劇情之所以總能打動人，想必是因為它太過真實吧？

或許你正看著的某本催淚小說、某部電影、某段動畫作品，地球上另一個角落的某人身上正發生著與劇情相雷同的不幸。

「嘿嘿嘿嘿。」

與我正自以為是地思考著一些聽上去比較高大上的事情不同，小憐她看上去就只是吃著零食單純地享受著這部劇集。

看到她這樣子只覺得剛剛想那麼多的自己像白癡，同時又很佩服她。

想那麼多幹嘛？遇到悲傷的事就盡情痛哭，遇到開心的事就開懷大笑……這樣隨心所欲活著不是愜意許多？

所以說，小憐她忌妒吃醋的時候就想拿刀捅我也……不對。

人類果然還是不該那麼無拘無束。

我想隨心所欲這件事最起碼也得符合現行法律制度和倫理道德才行，這樣才不會在通往正常的道路上走偏。

「那麼有趣嗎？我反倒覺得看著有點悲傷。」

並非是用責問的語氣，更沒有想要吵架的意思。我只是單純好奇而發問。

「……嗯，或許吧。但我覺得這個角色身上的『矛盾』很有意思。」

「怎麼說呢？矛盾是指什麼？」

「矛盾銘刻在這個角色身上各處，也體現在方方面面。他渴望感情長久卻又恐懼安定、他渴望家人朋友的存在和陪伴卻總對身邊的人散發著生人勿近的負能量、他害怕孤寂卻總會動不動拋下一切責任和期待獨自跑到外地散心。」

小憐開始和我講解分析起來，主旨則是她追這部劇到目前為止的心得。

『矛盾』和『孤獨』嗎……誰又何嘗不是呢？

或許這部卡通只是把人性的微小缺失和對於填補內心空缺的渴望放大到戲劇程度而已。越看越覺得胃痛，要是青少年的話實在不推薦看這種劇。

從中洋溢出的對現實之無力感太過沉重真實了，若真正瞭解了戲中所想傳達之物，心智尚未發展成熟的青少年或許會就此一蹶不振也說不定。

「一些細微之處都能看出這些蛛絲馬跡。從他過分地沉浸在自己出演的家庭喜劇，到後來搞砸一切、身邊一無所有，只能沉溺在酒精與大麻裡麻痺自己，嗑嗨了的時候間歇地閃現而出關於悲慘童年的記憶片段，都明示了他對幸福家庭和陪伴的嚮往。」

「欸……原來是這樣呀。」

我原本以為小憐只是當作好笑的作品在欣賞這部卡通，沒想到她看得相當細緻入微呢，就連評論講起來也頭頭是道。

我心中讚嘆之餘只能出聲附和。

「正好說到家庭……小憐妳在剛交往時曾提到過妳是上市櫃大公司的千金小姐對吧？」

「對呀，而我記得惘人你則是說過你有個狗屎老媽和渾蛋老爸對吧？」

欸？原來我講過那種話嗎？

雖然也不能全部說錯，但若是現在的我來說，應該會加以修飾並隱瞞掉一些令人不舒服的細節才對。

「關於我的事先放一邊。不介意的話能跟我聊聊妳的家庭嗎？就是說……想更多地去瞭解妳和妳的背景。」

當然，我主要是想知道她父母那樣顯赫的大人物怎麼能接受自己女兒跟我交往的事實。

「欸？欸欸欸？真的嗎真的嗎？聽你這樣說好開心。」

撫著雙頰，小憐的喜悅溢於言表。

顯得很有精神和幹勁，一副恨不得把一生經歷傾訴給我的模樣。

「要從哪裡開始說起，從我三歲開始怎麼樣？」

聽到我對她的事情表現出興趣以後，小憐明顯地情緒高漲，摟著我的脖子邊親邊說。

不過，我覺得她有些搞錯。瞭解背景的意思是我現在想知道有關她家庭的事情，而非是她三歲的時候喜歡哪個廠牌的糖果，又或者在哪塊地上跌倒過這種瑣事。

「那個……我實際上是想打聽妳父母的事情。」

「啐。提到這個，父親前幾天有跟我聯絡，好像說是想親眼看看你。」

「蛤？真的假的？什麼時候？」

「呃，好像是十三號……還是十五號？啊對，十七號啦。」

「十七！？那不就是今天？」

看一下電腦螢幕的右下角，今天正好就是她口中說的那個十七號。

我驚得從床上滾落。

「哇哇哇哇！今天的什麼時候？怎麼會都到當天了才告訴我呀？我得穿什麼？話說回來，我這也沒西裝啊。」

既然有這種重要事情，怎麼會都到現在還窩在棉被裡面悠哉地吃東西啊？

雖然對她來說只是父親，但對我來說可是要去見社會成功人士兼女友老爸耶。這種情況要我怎麼不緊張？

翻找著床旁的衣櫃，但裡頭正式的衣服卻找不到幾套，事前能準備的時間也幾乎沒有，導致我這邊一下子也反應不過來。

「不用那麼慌張也行，反正你穿什麼都帥。」

躺在床上的小憐慵懶地抓起棉被的兩角將自己捲成蛋捲的樣子，唯一探出外頭的臉上全寫滿不在乎。

這話私心太重了吧？摻水量太高。

我覺得我頂多勉強稱得上是五官端正，但穿什麼都帥這話聽起來就有點明顯的偏頗了。撒這種瞞天大謊的意義何在？

「大錯特錯。我想世界上會這麼想的就只有妳吧？」

「是嗎？我倒真是這樣覺得的。」

「好啦好啦，不要一直猛誇我啦。」

感覺有些害臊，被自己的女友瘋狂誇讚的感覺。

既彆扭又有點高興。

「不過現在可能不是我們兩個調情的時候。」

「欸？為什麼？話、話說這也不算調情吧。」

就在我感到有些飄飄然和不好意思的時候，小憐她打斷了我，並接著說。

「因為來接我們的人可能快到了。」

「蛤？真的假的？什麼時候？」

「呃，好像是八……還是九……啊對，十點啦。」

「十點！？那不就是現在嗎？」

看了下時鐘，確定現在就是小憐說的那個十點。

欸，給我等一下，這橋段怎麼好像有點熟悉？那不是重點。

「（叮咚——叮咚——）」

話都還沒說完，門鈴就響了起來。

看來是來接我們的人呢，真是相當準時。要是小憐也能像他這樣如此準時甚至是提前將事情通知給我就好了。

欸……雖然還沒挑好衣服，不過既然對方的人已經先到了，不出去應門就顯得比較失禮。

「那個……您好，請問您是哪——」

將門打開並招呼，但話還沒講完忽然頸部就受到了重擊。

我甚至連來訪者的臉都還沒完全看清楚就失去意識。

……接著不知過了多久。

「爸爸！下次請正常的來看望我們就好了！不需要派人把我的達令敲昏！」

「抱歉抱歉。我想說要見女兒的男友之前果然得先樹立些作為父親的威嚴。」

「不需要下馬威！普通的拜訪就行了！」

意識還未完全清醒的我依稀能聽到旁邊傳來激烈的爭執聲，其中主要是女孩子的聲音比較激動，這個聲線聽起來應該是我那令人憐愛的女友無誤。

「嗚呃，我是哪？我在誰？」

「親愛的！你沒事吧？就連話都講不清楚了。」

緩緩睜開眼，我試圖搞清楚狀況。

坐在一個看上去很氣派的會議室裡頭。我和小憐坐在同一側，而對面則坐著一個西裝筆挺，雖能看出步入中年但依舊英氣煥發的男性。

在他的後方是三、四位黑色西服的壯碩大漢，我想他們的身分應該就是所謂的保鑣或助理。這麼說來，其中一個傢伙我好像在昏迷之前有見過。

迷糊的大腦逐漸清醒並做出推論，想必這個人就是小憐的父親。

突然用這麼強硬的方法把我綁來只可能有一個理由，打算下馬威並且威脅我和他女兒分手。

雖然曾經想過會有這麼一天，但卻沒想到竟然來得如此之迅速。

「嗯，我還好。」

「醒來了嗎？你就是叫做憫人的孩子吧？聽說……你正在跟我女兒交往。」

「是、是的，的確是這樣子。」

對方不斷朝我這邊散發出那種不可一世的王霸之氣使得我有些膽怯。

不愧是在社會上極富權勢地位和充分掌握金錢力量的男人，在他面前的我簡直就像是渣渣一樣。

儘管在家世背景、金錢財富、社會地位、智慧謀略、人格魅力……沒有任何一項是我比得上對方的，但這個時候氣勢上輸了就完蛋了。

「沒錯！小憐的男朋友就是我！兩人正在你儂我儂同居中。」

所以儘管害怕，我還是用稍微自信的口氣提高音量重申一遍。

當然事後回想起來害臊得想一頭撞死。

「你們幾個跟我女兒出去外面等。接下來是男人單獨對話的時間。」

「「是的，社長。」」

「爸爸，你不能對憫人他做什麼壞事哦，不然我很可能會把你做掉哦。」

似乎有什麼只想單獨告訴我的事情，小憐的父親命令手下的黑服壯漢們將小憐給帶出去，她不情不願地被壯漢們護送出去的同時對自己的父親撂下了狠話。

不愧是最最純正的病嬌，那份對我的扭曲之愛顯然是不會區分時間、場合、對象的。

「……怎麼那樣說話呢？我好歹也是妳的父親對吧。」

聞言，她的父親皺了下眉頭。

很顯然這對於等下我和他要進行的對話一點幫助都沒有，倒不如說小憐想袒護我的心意使得氣氛變得更加險惡了。

「憫人他可是我的愛人，倘若敢動他一根寒毛，即便是血緣至親我也會追殺你到天涯海角的！」

「等等等等等，妳是從哪裡抽出那把匕首的？小憐乖，妳先出去等一下，我跟妳爸之間不會有事的。乖乖乖，我最愛妳了。」

「如、如果親愛的你這樣說，那人家會在外面好好等的。」

因為在離開之前小憐不僅和老爸起了爭執，甚至還掏出匕首作勢威脅。

所以一旁盡責的保鑣們連忙把她架了出去，她則是在被強行帶出去的同時還恣意揮舞著手上的銳器。

這些保鑣畢竟領的是公司老闆的錢，即使是對千金不敬也得優先保全老闆的生命安危。十足敬業。

坐在一旁看著這場特大號鬧劇的我則是出言安撫自己的女友。

聽了我的話以後，小憐才終於肯安分點隨黑服們一同離開會議室。

「呼，現在就只剩你跟我了。」

見狀，對方長吁了一口氣。

「是的，請問叔叔……不，老闆，今天找我來是有什麼要事嗎？」

「嗯，我想把這個東西交給你。接好。」

說完，坐在會議長桌對面的小憐她父親將一個頗有分量的手提箱推過來。

面對滑至我眼前的手提箱，我只感到茫然。

「請問這是？」

「噓。只管打開就對了。」

照著他的吩咐，我把眼前的手提箱開起，裡頭全塞滿了鈔票現金。

裡頭的份額大概是我這輩子也賺不到的數字吧。

「……孩子，我想你也不是笨蛋。看到這你懂我的意思了吧？」

小憐的父親語重心長地托著下巴說道。

是呀，我也不笨。想必這些錢就是用來勸退我的吧，希望我就此領了這些錢從他女兒的生活中消失的意思。

可惡的上流社會，真是瞧不起人。

總自以為是地認為什麼事情都可以用錢輕鬆打發。真讓人不爽。

「這些錢我是不會收下的。」

「是嫌不夠嗎？那我再給你一張空白支票如何？填上想要的數字吧。這是叔叔我為了你們好。」

「不！您搞錯了！這不是金錢多寡的問題。」

「收下吧。既不用客氣，也不需要覺得不好意思。這樣做對大家都好。」

對方還是依舊自說自話，這點令我十分生氣。

為什麼會覺得這世界上的一切都有標價？為什麼認為銀行帳戶裡的金額比別人多就高人一等？

「我想您還是搞錯了。哪怕您給我多少錢，我都不會放棄跟您女兒交往的！這不是金錢的問題，而是在於個人情感。」

因為他那種居高臨下的態度令人氣不打一處來，我開始提高音量說道。

喊的那刻雖然覺得自己很帥，但細細想來，我這還真是講出八點檔般的狗血丟人台詞呢。

「欸……欸？」

聽了我的話後，小憐的父親顯得有些訝異的樣子愣了一下。

「欸？」

我則是因為他欸了一聲而跟著欸了一聲。兩人都從喉嚨發出了在劍拔弩張的氣氛之下不該出現的滑稽聲音。

「那個……也就是說，無論多少錢都是不可能勸退我的。我、我有鋼鐵般的意志。」

空氣忽然凝結，所以我有點扭捏地又再次申明自己的立場。

我是個有骨氣的男人，不會只因為你塞了一堆錢給我，就能夠隨便動搖我的決心跟我的愛。

總之，我想表達的大概是這個意思。

「噗呼呼呼！哈哈哈哈哈！哈哈哈哈！你真是有趣的孩子。」

面對我展露決心的帥氣模樣，對方則是頗失形象地噴笑出聲。

就彷彿在當我是個小丑似的。

可、可惡！竟然這樣瞧不起我的決心。是認為等等還有別的方法可以讓我乖乖就範嗎？是想要證明平凡人家在龐大資產的面前只能跪下雙膝嗎？

那是不可能的！你這資本主義的醜惡肥豬。

「不好意思。你叫……憫人對吧？我想你誤會我的意思了。」

這站在人類社會金字塔頂端的帝王一邊擦去因笑而溢出來的眼淚，一邊笑著向我說道。

「那些錢並不是要你跟我女兒分手的封口費，我想你八點檔看多了。」

「欸？嗯？蛤？那幹嘛沒事給我那麼多錢？甚至還不惜綁架我來這？」

我現在一頭霧水，如果不是如我原先所想的那樣，那包含綁架在內的不當行為與我面前這一箱子的現鈔又是什麼意思？

「嘛……你也知道我的女兒她比較……有個性？所以，今天主要只是想看看能跟她交往這麼久的是什麼樣的奇……我是說人才。」

奇葩吧？

他剛才都說到嘴邊了的一定是奇葩二字沒錯吧？

「至於錢，只是想給你一點零用錢。我女兒有時候會惹些麻煩，這種時候有些錢在身上會比較好解決。或者你想要拿錢帶她去吃些好的或去旅遊也行。」

這手提箱裡的錢都足夠用來在市中心精華地段置產了，這麼大量的錢對他來說竟然只是隨手給的零用錢而已？

果然富豪的金錢觀和我們凡人相差甚遠。

「……那這部分我大概理解了。不過老闆，我還是想問一件事。」

「不用那麼拘謹沒關係，可以叫我叔叔就好。」

「呃哦。叔叔，您對女兒的對象都沒有任何要求嗎？我的意思是說上流階級不是總要求門當戶對嗎？像我這樣來路不明的傢伙和您的女兒同居您都沒意見嗎？」

經他的准許後，我改口把稱呼變得相對親暱隨意。

並且把至今以來一直存有的疑問說了出口。

「有些人的確會那樣想。但我女兒的對象不需要那種東西，只需要是個能和我女兒相處的人就已經足夠了。在你之前，小憐她也談過幾次戀愛，不過沒有任何一個超過兩週，像你這樣可以挺過半年甚至能夠同居的奇葩還是頭一次出現。」

啊……說出口了。果然覺得我是個奇葩。

「所以說家世、面容、人品、心性……這些都不在您考量範圍之內？」

「是的。最重要的是那份『想在一起的決心』和『能承擔對方缺點與不足之處的勇氣』。而從你脫口而出的那些話中，我已經確信你身上有著這兩樣要件。」

「換言之，全都因為我是那個足以跟您女兒比肩的奇葩嗎？」

「若修飾成『天賦異稟的人才』可能會更加好聽，不過你理解的方向正確。」

「……不不不，再好聽不都還是奇葩嗎？」

「說起來的確是這樣沒錯。」

得知了對方並不打算在我跟小憐之間的感情橫加阻攔，我們的對話內容和氣氛也逐漸趨於輕鬆。

接下來的時間我都在和小憐的父親閒聊度過，內容主要是他問起我和小憐的同居生活詳細，而我則逐一回答。

「這樣子呀，聽起來小憐和你在一起過得很開心呢。那我也就放心了。」

「那個……雖然這樣問有些奇怪，難道以前過得不開心嗎？」

原來，不是只有我呀。

「你有想過我女兒是怎麼變成這樣子的嗎？」

我想他指的一定是關於病嬌這件事吧？

雖然知道肯定是經歷了某種變故，但是具體內容猜不到，所以我對他搖搖頭。

「是在我老婆也就是小憐她的母親罹患絕症去世之前。」

「我很抱歉……請節哀順變……」

「不用感到抱歉，這畢竟也是快十年前的事情，我早就釋然了。在我老婆生命的最後階段她變得歇斯底里，而年幼的小憐因為陪伴在她身邊的時間比較長，所以或多或少也吸收了一些不那麼正常的價值觀。其中特別是有關生死和愛情的看法。」

也就是說這個思維模式可以說是從母親那裡傳承而來的意思？

我就覺得這種東西不是生來如此，如果是在幼時的耳濡目染下變成這樣那就說得通了。

「不過，若由我來告訴你也顯得哪裡奇怪。或許哪天我女兒她會親自跟你說明這些吧？」

從氛圍來說像是正要公布大祕密般揭示我女友為什麼會成長為這種個性的時候，這位叔叔卻就此打住。

「都到這個點了？那麼，雖然還很想多跟你聊聊，但叔叔我接下來還有個跟國外客戶的重要會議。」

這樣子委婉的對我下達了逐客令。

這樣被留了個懸念的心情，就像是劇情高潮處時卻看到畫面角落寫著的『次回揭曉』一樣。

「這樣呀，那我也不好待在這打擾了。」

「下次再見。請善待我的女兒，桌子上那錢真的不拿嗎？不用和我客氣的。」

「叔叔，這錢真的不用。我這就帶著小憐回去囉。」

一邊婉拒一邊和對方道別，我起身鞠躬後便這麼說著去推開門。

「沒想到那樣的成長背景竟然能夠養出這麼正直的青年呀。做得好，我很賞識你哦。」

在會議室的門完全闔上前，聽到他這樣說著。

控制在這種音量想必就是刻意說給我聽的吧？

乍聽之下雖然像是普通的稱讚，但卻又不完全是這種感覺。其中更多地比較像是詫異而非讚賞。

咕，前面還說什麼不會在意人品或心性。

結果這不擺明還是在考驗我對於金錢物質的執著與否嗎？

以前看電影或連續劇我就常在想大企業的老闆怎麼一個個都有以下這些特質。

話總是不明白講、喜歡用利益考驗身邊人、明嘲暗諷、笑裡藏刀……等等。

也許成功人士都會變得像這樣吧？因為擁有的事物太多反而禁不起信任和背叛，從而練就出了那種城府。

這種心機和爾虞我詐實在是學不來也不想學。

話說回來，甚至都調查過我的家庭狀況了嗎？

對於有著眾多部下的他來說的確不是什麼難事。畢竟小憐都可以讓老爺子監控我的手機定位了，再找幾個同樣水平的特工來探聽我的過往對他來說想必也沒有絲毫困難可言。

將自己包裝成了一副好親近的岳父模樣，結果這還不是以種種不信任為前提，暗地裡對我做出各種調查和試探？

雖然有些許埋怨，不過也不怪他。

畢竟護女心切，況且憑他的社經地位，光是沒找些專家把來路不明的我暗地裡做掉這點，我就該偷笑了。

嘖，以後還得跟這個麻煩的叔叔打交道。

雖然結婚的事情八字都還沒一撇，但已經能夠感受到些許岳婿關係的困難之處了。

「啊！親愛的！你出來了。父親有沒有對你做什麼壞事？」

在我尋思著以後要怎麼圓潤地處理岳婿關係的時候，小憐小跑步向我抱過來，旁邊跟著群看起來一臉寫著『太好了終於』的黑西裝大叔。

從他們的樣子看來，很明顯我在會議室裡的時候外面的小憐沒少鬧騰過。

「那倒是沒有啦，就只是很普通的聊天而已。妳爸還要給我零用錢耶。」

「啊……那你拿了嗎？」

「沒有，怎麼可能隨手跟人拿那麼多錢。」

「嗯，那就好。爸爸他喜歡用錢來試探一個人的品性，嘴上總說著『會被蠅頭小利收買而搖尾乞憐的是部下而非親友』這類話。」

從女友口中證實剛剛的那個果然是一種考驗。

是說原來那個份額還能算是蠅頭小利嗎？

我覺得那是很多人這輩子都賺不到的金額耶。

「你沒拿真是太好了。這代表你離成為我們家的女婿又更近一步了。」

「……欸不是，我什麼時候跟妳說過這個了。」

「難道親愛的你要說不願意娶我這種天方夜譚嗎？」

「不，不對，也不是那樣……別激動。總之妳先把刀子放下。」

一邊搭乘電梯離開公司，一邊這樣進行著頗具我們風格的聊天。

雖然一樓大廳的那些黑服們看到自家公司千金後說可以開車載我們回去，但被我給婉拒了，因此我們兩個搭乘大眾交通工具。

原因是我實在不想被黑服大叔用名車接送回家。

萬一讓街坊鄰居誤以為我是個有錢人可怎麼辦？

「抱歉，因為我的任性而委屈妳跟我一起搭公車。」

擁擠的車中用身體保護住角落的小憐不被別人碰到，我小聲地在她耳邊道歉。

「嗯？完全無所謂的說。」

一臉幸福地環抱住握著手拉環的我，小憐她的確是如字面上那樣一臉無所謂地說著。

以前我以為有著大小姐身分的她會排斥這種人擠人的大眾運輸工具。

但交往期間我卻從來沒看她對諸如此類的庶民玩意兒有任何意見過，更別提抱怨也從來沒聽到過。

「是嗎？」

「對呀，要是給別人載的話不就沒辦法像現在這樣面對面抱得緊緊了？」

「……呃，我覺得即使在公車上也不該這樣做。」

「為什麼？」

將身子傾在我胸懷，用水汪汪的無辜大眼由下而上注視著我的小憐這樣子撒嬌似的問。

要說為什麼的話，那自然是因為，四周圍的單身狗紛紛對我投來想要殺死我的忌妒視線。

「……就是說，在有人的地方還是盡可能收斂一下會比較好。」

「好，我知道了。」

伴隨著這聲回覆，隨之而來的是更加用雙臂將我收緊幾分的擁抱。很明顯她只是知道而已，卻沒有絲毫打算就此停下的意思。

此舉自然也就導致附近的單身狗們對我的仇恨又更加劇了幾分。

「……真拿妳沒辦法。」

把手放在她頭上撫了撫，任憑她抱著我在晃動不斷的公車裡搖來晃去，也任憑旁人的恨意和咒殺現充的視線聚集在我身上。

隨著一次次的停下和再行駛，車上的人們來來去去。其中也不乏路過我身邊偷偷給我一腳的傢伙，妒意真是一種了不得的東西，雖然在公開場合大肆放閃的確是我不好，但也沒必要這樣動手動腳的吧？

重複幾次這樣的循環後，離我們家最近的那一個站牌也快到了。

緊靠著我的小憐她閉上眼睛有些想睡的樣子，大概是早上沒睡飽吧。我輕揉了下她的臉頻提醒她下車。

「膩嘻嘻嘻。」

緩睜開眼的她懶洋洋的在懷中看著我發笑。

此情此景，還頗有幾分像是自家養的貓賴在腿上睡覺並發出愉快呼嚕聲的那種感覺。

隨後，公車到站。我牽著她的手走下車，在熟悉的街道上與所愛之人手拉著手共步，享受著難能可貴的浪漫。

這算是難得一次出門她沒有因為一些無厘頭的理由鬧脾氣。

其實只要不老拿著刀子在半空中揮舞跟發表一些激烈言論的話，我的女友還是相當可愛的。

「到家了！愛巢！」

「噓，小聲點，旁邊還有鄰居。」

「又來了又來了。親愛的你真是容易害臊。」

「……不、不是那個的問題，我是說別那麼大聲。」

「呿。」

轉動鑰匙孔打開家門，我和小憐兩個人在玄關一邊脫鞋一邊打情罵俏著。

「親愛的，站過來這裡。」

「蛤？為什麼？」

「先照做就對了嘛。」

「……哦哦。」

「嘿呀！我回來了！」

我按照指示在門前面對她挺起胸膛站好，而她則是後退了兩步使彼此間的距離變大。

接著，全力助跑後向我飛撲過來。

雖然她完全不重，但加上速度後的動能還是足以將我撲倒。

後腦杓險些撞到地板，只差一點點就要腦震盪了。我想這就是橄欖球員要戴上頭盔的原因，擒抱實在是很危險的動作呢。

「哼哼哼，果然還是自己家最棒。只有我跟親愛的，不用擔心被別人打擾。」

開心地笑著趴在我身上的小憐一邊用臉頰對我蹭來蹭去，一邊愉快說著。

雖然具體來說這裡應該是我家才對，不過能聽到她對這裡產生了歸屬感這點著實讓我感到很高興。

「是嗎？這樣就好。」

拍撫著趴在自己懷裡女友的背，我把聲音放柔，輕輕說著。

「好了，相親相愛雖然不錯，但一碼歸一碼，儘管是至愛之人，但該算的帳還是得算明白來才行。」

就在我打算今天餘下的時間都像這樣沉浸在美好的二人世界時，小憐她忽然一改語氣。

「什、什麼意思？欸……等一下，妳為什麼拿著亞麻繩呀？」

還來不及哀號，騎在我身上的女友就以熟練的手法將我五花大綁。

很明顯地她又犯病了，不知道這次是什麼理由，我自認一整天下來沒做錯什麼才對啊。

「好的。親愛的，你有什麼想要解釋的嗎？不然只好刺入了。」

用騎乘位的姿勢坐在我身上，從口袋裡掏出泛著銀光的利刃。

和亞麻繩配套的是摺疊刀嗎？面對這個攜帶用的凶殺案隨身包，我該說她是準備周全還是思慮欠周呢？

真的有必要這樣嗎？

姑且不論必要性，致死性倒是一如往常地滿到溢出來呢。不愧是小憐。

一手按在我胸上壓制住我的行動，另一手則是反手持刃對準我的臟器。一丁點開玩笑的感覺也沒有，這的確是打算刺入的表情。

「解釋……但我真的沒頭緒呀。」

「是車上！公車上！」

「……我又怎麼了？」

「親愛的你還敢這樣理直氣壯！剛剛在車上你的背都碰到別的女人了。這是出軌！赤裸裸的出軌行為！那個女人絕對是蓄意的，而且你竟然沒有當場大聲喝斥這種行為！我們之間到底怎麼了？明明我就在你面前，竟然還能發生這種無異於公然偷情的行為。果然只能殉情了。」

說著說著，眼淚撲簌簌地落了下來。

沒錯，小憐她又發作了。

我就在想事情怎麼可能會那麼順利，一整天都如此平凡美好這種事情在我們身上是不可能的。

這是形式的問題，就像突然要一個金髮碧眼這輩子沒拿過筷子的歐美人士以後餐餐都改吃滷肉飯一樣。

儘管不願承認，但我們的愛情基礎建立在她的不安全感和對另一半的異常執著，而我則是被她那份執著給迷住了。

反之，若不是這樣的話，背景迥異的我們大概是不會走到一起的。

想必對你來說很難以理解對吧？放心，你是正常的。

我們倆才是怪異的那一方。

而這點恰巧就是我們相愛的原因，因為『我能理解』。

我理解了她那份近乎瘋狂的愛戀，並且給予認同。接著欣賞，然後無法自拔的戀上。

在這樣的前提之下，即便下一秒她手裡的刀真就落在我胸口上，我亦不會痛苦叫喊，而是會盡全力強忍著疼痛告訴她：『沒事的，這是妳的選擇，而我選擇了妳。』

或許就像偉哲說的那樣吧，我在遇見她之前就只是行屍走肉。

有了她後才能活得像個人，這也等於是她賦予我第二次生命使我重生。

這樣子的她若是想將借給我的東西拿回去，我亦沒有絲毫遺憾。

「那單純只是車體搖搖晃晃所導致的意外。」

可能是作為生物最基本的求生本能作祟，又或者是因為不想死的不清不白。

儘管，內心自認無所畏懼，但我還是向騎在自己身上的女友解釋事情原委。

「她總計碰到你足足有五次之多。」

原來有那麼多次嗎？我自己幾乎沒意識到有碰到人，小憐算得可還真清楚。

「我忙著護住妳所以沒注意到，畢竟我也不希望妳被其他人碰到呀。」

「這、這樣呀……雖然被你這樣說有點高興，但別的女人觸碰到你卻沒有表現任何反對，這鐵打的事實代表你其實暗爽在心裡面對吧？在女朋友面前做這種事情，果然還是只能殉情了吧？」

一瞬間看似有些心軟的小憐，在把自己的邏輯重新理了一遍後決定再次握緊手中閃著銀光的刀子並高舉在半空中，目標則是改為對準我的心臟。

不對，這邊我要吐槽。

甚至沒有意識到接觸行為，又何來暗爽之說？冤枉呀。

「不，所以說我只是沒注意到而已。」

「藉口！男人都一樣！出軌被抓到的時候總說著『不小心』、『沒注意到』、『不是我的錯而是對方的不好』這種話來逃避責任。」

我的解釋被小憐用這種話給搪塞住了。

其實認真去探究的話，她說的倒也沒錯啦，出軌被抓到的渣男總是說著這種話當理由乞求原諒。

但那跟我的狀況卻又有著天壤之別。

因為大前提是我壓根就沒有那麼做啊！

吐槽先放一邊。面對今日的死亡危機，我有一招大招。要是這樣說也沒用的話，明年的今天就是我的忌日了。

屆時，請幫我燒一炷好香。

「小憐。」

「怎麼了？乖哦，親愛的。這把小刀刀被我磨得很利，很快就結束囉。」

那指尖輕輕抵著刀尖的模樣，著實令人毛骨悚然。

嗯，很顯然接下來這句倘若說錯的話便是我的遺言了。

「我之所以沒注意到那個女人是因為我眼裡只有妳。在公車上我全程注視著妳移不開雙眼，我的視野中就只有妳，容不下其他人。」

儘管，內容肉麻到難以想像出自我之口，令我好是害臊。

但嚴格說起來卻也沒有哪裡不對，我在公車上的確是只有盯著她看沒錯。

「……」

小憐聞後並沒怎麼說話。

但從她那沉默不語的反應和逐漸潮紅的臉，我能判讀已經成功一半了。

「狡猾……說那種話太狡猾了……」

騎在我腰上的她小小聲地說著，並且緩緩把折疊刀收了起來。

果然這次還是像往常一樣那麼溫柔呢。今天『也』生還了下來。

「如何，今天也不刺下去嗎？」

我像是挑釁般地調侃道。

「沒辦法嘛。雖然殉情真的很浪漫，但現在捅了你的話不就再也聽不到剛才那樣的情話了嗎？」

小憐她嬌羞地說著，並從我身上起來要替我鬆綁。

「……抱歉啦，沒注意碰到了別人。今天輪我煮飯吧，想吃什麼？」

「你煮的我都愛吃。」

「好。等我一下，很快就能吃飯了。」

啊，我女友怎麼那麼可愛。

盯著這張天真無邪的表情，我不禁這麼想。

有時候會去想像如果這種溫馨對話不是發生在她剛想要宰了我，而此時正幫我解綁的時候該有多好。

「抱一個。我去煮飯，幫我把碗筷擺一擺。」

「嗯哼哼，好。」

在身體重回可以自由行動的狀態後，我先是給了小憐一個大大的擁抱，隨後走進廚房準備燒菜。

備好砧板和食材，有一瞬間我盯著手中的廚刀看出神。

……或許明天這東西會抵著我脖子或是胸口也說不定。

「不管。做菜做菜。」

一邊熱油後將食材放入鍋中，一邊趕走腦中那些無聊的想法。

就算再次被小憐拿刀對著，『只要讓每天都過得比殉情還浪漫』就行了吧。要說今天學到什麼的話那就是這個了。啊，還有。

下次如果黑服們開口說要駕車接送的話就答應。

就我們的狀況而言，大眾運輸工具還是少搭才是。不然人擠人的我是要怎麼控制自己不碰到別人？更別提要怎麼控制別人不碰到我。

現在想想，我這不完全就是在自找麻煩嘛。

最初就應該老實接受那些黑服們的好意的，反正對他們而言，送大小姐回家也只是工作內容的一環。

「上菜囉。」

「耶，吃飯飯。」

半個小時後，我把三四道自稱佳餚的菜加一道湯從廚房端上餐桌。

因為一整天沒吃什麼正餐，所以小憐抓起碗筷就開始扒飯。一副吃得很香的模樣，嘴角還黏了幾粒米飯而不自覺。

以下廚之人的角度來說，能看她吃得那麼高興我當然也很滿意。

但有時也會懷疑眼前這景象。這就是『大財團千金』平日裡的模樣嗎？

「……是說，小憐妳身上還真沒有一絲半毫千金大小姐的感覺。」

「不然你覺得大小姐應該要像怎麼樣？」

「穿著體面、舉著高腳杯裝的紅酒、食用高檔餐點、談吐優雅、休閒時彈個鋼琴、喜歡閱讀艱深的文學作品……諸如此類的。」

然而事實上她在家穿著的是普通白T恤、吃的是我煮的家常菜、喝的是在冰箱冷藏數天的柳橙汁、談話也相當隨意、休閒的時候看的是卡通，而且還總喜歡挑在我閱讀文學作品的時候。

也並不是說這樣就有哪裡不好啦。

該說是違和感嗎？潛意識的就覺得千金大小姐應該要是那種感覺。

「欸！親愛的你口中的敘述不是基本上跟我完全相反嗎？有點不爽。不過……大多數人的確都會有這種刻板印象就是了。」

「的確是呢。」

「姆……如果你真喜歡那種類型的話我倒也是可以試著像那樣。以前確實也有過為了滿足那種印象和大人的期待而上些禮儀或儀態的課程什麼的。」

原來啊。

為了滿足世人的期待和混入上流社會圈子，富家子弟們還得上那種專門的培訓班。

看來有錢人也有不同的麻煩呢。

「那種刻意營造的形象倒是不用。我想我大概更喜歡妳原本的樣子。」

「嘻嘻，那再來一碗。」

聽了我的話後小憐繼續放開懷進食，維持穩定的效率消滅眼前食物，然後把空碗交到我的手裡來。

「小心燙。」

嗯，這樣就好。

我將盛好新裝白飯的碗小心翼翼地遞給小憐，隨後拿起桌上的面紙幫她擦掉臉頰和嘴角上的飯粒。

果然還是像這樣最好。

因為我迷上的並不是某個千金大小姐，而是眼前這個叫做小憐的女孩子。

和身分背景無關，我喜歡這個能不顧形象地大方吃著我煮的飯菜的她。

第三章　至親之人和玻璃酒瓶

「垃圾東西，還不快過去幫我買些啤酒回來！」

將空瓶和用來買酒的零錢袋丟到我身上，對我大聲咆嘯，時不時再對我踹上個兩腳。就像過去兩年裡做的那樣。

這個渾身酒氣、滿臉鬍渣的糟糕大叔是我的父親。

他以前並不是這樣子的人，雖然十分嚴厲但總努力地工作養家餬口，在公司裡也有份主管級的不錯職位。

而現在則是完全相反。基本不怎麼工作，每日出入些聲色場所，天天飲酒作樂。起碼這兩年我所見到的時候從來沒有一刻是清醒的。

短短的時間內一個人是發生了什麼才變化這麼多？

一切得從我那差勁的母親和別人私奔的時候開始說起。

父親雖然也是個很糟糕的人，但母親比起他來只能說是有過之而無不及。嘴上說著一句『感覺不對，這不是我想要的生活』後就遠走高飛了，不只放棄婚姻更是拋家棄子。責任二字在她身上完全就只是笑話，雖然我年紀不大，但這點我還是依稀能夠感受到。

「還愣在那邊幹嘛？非得要我動手動腳你才聽得懂人話是嗎？你這狗東西。」

對，就如這男人口中說的那樣，他從來不猶豫傷害我。

我以前以為是因為我做錯了什麼惹怒了他才會受到這樣子的粗暴對待。

直到最近我才意識到並非『我做錯了什麼』，而是『我本身對他而言就是錯誤』。

只因為我的存在，無時無刻提醒著他那分崩離析的家庭和婚姻生活。

有時候我不禁會想如果自己是他的話會怎麼面對我？我也會和他一樣出去飲酒作樂，用荒誕不羈的生活和酒精麻醉自己嗎？

大概也正因為我知道他為何痛苦難受，所以才有辦法對那些加諸在自己身上的暴力視而不見。

當然，有極大可能只是我在自作多情。

或許我對於他而言純粹就只是個出氣筒般的存在也說不定。

「是，我這就出去買。」

我淡淡回應道，撿拾起地上一些從袋裡散落而出的零錢，隨後出門往便利商店的路上走去，只因為我不想平白在身上多幾處瘀青或紅腫。

習慣疼痛跟不怕疼痛完全是兩碼子事。

這點不只對我來說是這樣，對父親而言更是如此吧？

想必酒對此刻的他而言是唯一解藥。

這樣一想，我出去幫他買酒或許無形中也能幫到他。

有時總會幻想他在酒醒後能變回從前那個認真生活且令人尊敬的嚴父。就像吃了藥那樣，去除病徵後又重新變得健康起來。

然而酒跟藥卻還是有著根本上的不同，雖然一樣解痛但卻沒有治療的作用。

「啊，又是你啊，小弟弟。今天身上也多了幾處瘀青呢。」

進了商店，我抱了幾支褐色玻璃瓶的啤酒後走到櫃檯。

而站在櫃檯後面那個算是熟悉的店員和我對上了眼，所以跟我打招呼。

看來今天也是這個哥哥值班的樣子，每次來替父親跑腿買酒時他大概率都會破例讓我買。

有時也有沒能買到的狀況，那種時候我往往都會挨揍。

「是的，請問能賣我這些嗎？」

專注在買酒上而沒有去理會他的招呼，因為我不知道要拿身上這些瘀青怎麼辦。我唯一知道的一件事就是，如果沒有把酒買回去的話身上又會多幾個這些。

「其實我不該賣你這些酒……但我知道如果你沒買到的話處境會變得更慘。」

儘管很明顯地我還未成年，但他似乎在很早以前就猜到了我的難處，也因此只要旁邊沒其他客人在的時候總會偷偷地讓我結帳。

「……謝謝。」

對於他的體貼，我只能回以這樣子的感謝。

僅只是為了讓我這個陌生人少受一些皮肉痛，而做出這種違反法律的事情，想必他一定是個十分溫柔的人吧。

情況若允許的話我也很想回報他些什麼，但我只是個連保護自己都很困難的小孩子。

「不會。」

一邊將啤酒裝袋，一邊從我手中接過那把零錢。他看著我露出難受的表情，似乎想要跟我說些什麼卻又不知道要說什麼的樣子。

彼此都有些尷尬，因為不知道怎麼辦，所以我提起裝好的酒就想回家。

「嘿，孩子。」

就在我準備走出店內自動門的時候，剛才那個店員哥哥略顯猶豫地開口。

「人生本來就很爛，但你要試著活下去才有機會看到美好的部分。」

「嗯，我會。」

說完，我便提著酒離開便利店。回去的路上一直在思考他說的那句話。

活下去才有機會看到美好的部分？也就是說只要撐過眼前的難受，之後必定會有令人開心的事情降臨在身上嗎？

講真的，這種空話我是不相信的。

明明是鼓勵人的話語，但卻莫名地讓我感到心中一股惱火。

「搞什麼鬼！買這麼久！還不快把東西給我拿來！欠教訓的東西！」

剛到家裡，父親就開始沒好氣地對我吼，不耐煩地從我手中把袋子拎走。熟練地開蓋，咕咚咕咚地啜飲著瓶中液體，當然也沒忘了順手給我一巴掌。

……我自己倒是覺得買得蠻快的呀。

不過如果他說久那就當作是這樣吧，畢竟這是他家所以一切都是他說了算，有時候身為小孩子也是很無奈。

「抱歉……下次我會快點……我回房了。」

我摀著自己的痛臉，不帶一絲歉意和感情地道歉著。

「滾！別再讓我看到你那張令人生氣的蠢臉！」

往常一般，絲毫不在意街坊鄰居觀感地提高分貝對我咆嘯著，往我的腰上踹了一腳後就埋首進酒瓶堆裡不再搭理我。

我回到自己的小房間裡。

躺在床上，腦中細數盤點這兩年來他對我的暴力。

雙親都對我表達了十足的不耐煩和不關心，可能是作為他們包袱的我做錯什麼了吧？若不是如此，為何我正承受著這些？

我的存在帶給了父親精神上的巨大苦痛，而他則物理地在我身上造成各處傷疤。

明明是理所當然該要陪在身邊的家人，卻互相折磨著。

這種惡性循環想必會持續到我們之間其中一個死掉才會結束吧？

曾經也想過要不要拿起廚房的刀子刺向房間外頭的那個人。

然而我辦不到。因為他差勁歸差勁，但起碼他是雙親中沒有拋棄我的那位，僅憑這一點我就下不了手。

我想，受虐跟孤獨兩者相權衡的話，我可能會選受虐吧。那麼自我了斷呢？其實感覺還挺不錯的，事實上過去三個月我都在網路上瀏覽著要怎麼以最低限度的苦痛死去。

直到今天，那個店員對我說的話，讓我不禁想要活完這輩子。並非是我對他的話語有任何期待。

而是我想要親眼見證並在年邁的某一天自言自語說著『看吧，就算苟活下去但我依舊沒看到任何一絲美好』，像這樣子去反駁。

人們總是對其他個體訴說著這種空泛話語。究竟是他們太過愚蠢？還是他們的美好生命不曾體會過絕望？亦或是他們想要用這種無憑無據的空話說服自己相信？

「哈，要是真有什麼好事會發生，那倒是明天就讓我看看呀。」躺在床上不禁譏諷地笑著。

好累，真的好累。方方面面都是，每個人都是活得這麼辛苦嗎？

如果這個滿是災難的世間真有神存在的話，祂想必是個充滿著惡趣味的老人家吧？

活到現在為止，奇蹟我不曾見過幾次，但不幸和苦難卻看過不少。

要是明天醒來，世界就能變得美好該有多棒。要是母親能夠回來、要是父親能夠重歸正常生活、要是我能被某人愛著。

……抱著諸多這樣不切實際的妄想，我闔上眼皮嘗試入睡。

畢竟人們總說在夢裡什麼都有。

為什麼現實那麼殘酷而夢境卻如此美妙？

莊周之所以夢蝶，或許是因為覺得做人太痛苦，而選擇在夢裡當隻翩翩起舞的蝴蝶也說不定。

沉沉睡去，就可以不用面對討厭的事物。

深深入眠便能得到大腦創造的虛假美好。

苦痛真實存在於你的周遭，而美好卻僅僅只是存於夢中的幻象。

被這樣設計的世界實在是扭曲到令人發笑。

或許是大腦的頻繁活動思考令我感到異常疲憊，沒過多久便進入了夢鄉。

「喂……醒來了嗎？喂喂！」

「……嗯？」

很少見地，此刻有人正在叫我起床。

通常父親他會因為在外酗酒的關係很晚回來，接著會因為宿醉的關係到中午或更晚才起來。

因此，早上不應該會有人來叫我才對。

意識到肯定有什麼不對勁的我幾乎是瞬間驚醒。而出現在我視野裡的則是幾個穿著警察制服的人，還有一些很久沒見過面的親戚們。

「那個……小弟弟……你的父親他……」

在警察們的解釋下，我了解了他們來到這裡的原因。

我的父親，他過世了。

他在晚上酒駕想開車到酒吧去繼續喝，結果出了車禍。所幸，除了他以外沒有其他人員傷亡。

接下來的幾天，我都在跟他們一起處理父親的後事。其中想要特別點評的是親友們的態度，基本上大家都覺得我很麻煩，卻又像潛規則般沒有任何一個人肯明白著對我說出來。

而既然大家都覺得如此麻煩，那我也決定不麻煩他們了。

我選擇了自己獨自生活，從前害怕的孤獨在習慣以後倒也不是真有那麼不適應。

我還是照樣去學校上學、照樣自己去買菜、照樣自己做飯、照樣一個人吃飯……仔細想來這些細節都跟父親還在的時候基本沒差，就只是少了個人對我破口大罵、對我施暴、叫我出去買酒……跟我互動。

除了時不時出現的莫名扎心以外，一切都十分安好。

看著空無一人的家，有時我甚至會去幻想一個美好的家庭。

裡面有著認真工作的父親、溫柔照顧家人的母親、一至兩名調皮可愛的孩子。

一家和樂融融、夫妻關係和諧、彼此相愛、孩子們在充斥著愛的環境中成長為三觀正確的青少年。

……不過那些事物離我太遙遠了，我的原生家庭早已毀得連個殘渣也不剩。

而要想創造一個新家庭對我來說太困難了，因為前提是得找個配偶，像我這種可悲怪咖根本不配。

沒記錯的話，母親剛走幾個月的時候父親好像給過我一些關於擇偶的建議。那時候的情況應該是像這樣子。

「欸，混帳東西。」

大概是因為喝醉了的關係吧，父親他少見地在坐在沙發上用語重心長的語氣叫我，然後接著說下去。

「女人呀，隨時隨地都可能會背叛你。不論你賺多少錢、不論你付出多少、不論你多麼認真生活……都沒有用。只需要一句『感覺不對』，你所做的一切都可能會付諸流水，你所盡力試著堆起的全部都會在瞬間崩塌。」

雖然語氣依舊完全稱不上溫柔，但和平常的那種語言暴力不同。

今天的父親似乎是很認真的在對我說話，就彷彿是在告誡般，希望我不要走上他的老路。

因為今天喝得特別爛醉的關係嗎？

「您是在說母親的事嗎？」

「不要跟我提到那個女人！這會讓我更想往你身上多弄出幾個傷口。」

「……」

因為好奇而發問，但卻換來了父親的野蠻恐嚇。

所以我改選擇噤聲保持沉默。

見狀他才願意繼續說下去。

「如果啊，你想要找個伴侶，記得要確保她足夠愛你，最好是近乎病態的愛，沒有你就會想死的那種，沉重到即使說要一起去死也不會逃跑的那種。不然的話你鐵定也會落得跟我一樣的下場。」

「父親，請問這算是你給我的忠告嗎？」

還是禁不住好奇再次發問。為什麼眼前這個男人這麼難得說這種話？講真的，事後想起的話自己還真有那麼幾分白目討打。對方都叫我閉嘴了，還非得要多問兩句。

「我她媽哪裡會知道，就你問題最多。是你身上另一半的遺傳因子讓你這麼蠢的嗎？讓自己有用一點，再去多買一點啤酒回來，你這狗東西！」

果不其然，那天的他對我又是一陣拳打腳踢。

在一切都結束之後要我出門去再幫他買更多酒。

細細想來，他那時候或許是想對我訴說心中的悲傷但卻找不到好辦法也不一定。儘管在變化如此巨大之下，這個男人就唯獨只有不善表達這點還是跟以前一模一樣。

想必他真的深深愛過那個離去的女人。

但因為自己的不善言辭，久而久之的使兩人的婚姻有了間隙。

而在這樣的前提下，那個他所愛上的女人卻無情背叛了他。

這樣子的打擊使得兢兢業業生活忙於工作養家的他變成了天天給我帶來痛楚的這個糟

糕之人。

找一個『近乎病態地愛我』的人嗎？

世界上真的有那種人存在？即使說是要一起死也不會逃跑？別鬧了，又不是電影或小說情節。

不過若真有這種女孩子的話，想必我會深深為之著迷吧。

畢竟她願意如此認真地喜歡上就連本人都十分厭惡自己的這個我。

「……別說笑，一個人妄想這些有的沒的幹嘛。況且早就習慣孤獨了。」

大幅度晃動頭部，甩開老爸還在世時的可貴勸告和對另一半的美好暢想，我自言自語道。

話說回來，今天是需要去補充日用品的日子。

正好出門走走，也可以不用一直待在家裡胡思亂想。

我在外頭漫無目的隨處轉悠，不知不覺路過了以前總幫老爸買酒的那家便利店。

自從不用買酒之後就沒再來過了。

「如何？你最近有好一陣子沒來了。今天不用買酒了嗎？」

一進門那個溫柔的哥哥就和我揮手打招呼，很顯然他今天值班。

「……以後都不用了。」

「這樣子呀……聽起來似乎是件好事?」

「或許是吧，生活有了些變化。」

「我注意到你身上的傷口也不見了呢。之前我說的沒錯對吧?只要活著就有可能看到美好的部分。」

「哈哈，真是這樣啊。」

我裝出微笑和這溫柔的大哥哥聊著。

或許在他眼裡看起來，我的生活的確變得比以前好吧?

然而他不知道，不見的不只是傷口。我失去了僅剩的親人，本就已經空虛的內心又再少了些什麼。

沒買什麼東西，和他閒聊完我就離開店裡了。

他跟我說過的那句『人生本來就很爛，但你要試著活下去才有機會看到美好的部分』是正確無誤的。

但卻僅限前面那部分而已。

人生真的好爛。

這樣想著的我獨自走過熱鬧的街區回到空無一人的家。打開電視，希望它的嘈雜可以覆蓋過這討人厭的寂靜。

一個人到廚房做一人份的飯菜、拿出一人份的碗筷。

盤中的食物吃起來味同嚼蠟、電視機中的內容也感覺枯燥乏味。

或許父親的感覺我現在多少能理解一些了，想必就是這種令人窒息的寂寞讓他染上酒癮吧？

也許……到了合法飲酒的年紀時我也該去買幾瓶試試？

起碼那時候的我是這麼想的，然而真到了現在能夠喝酒的年紀時我卻沒有這麼做。

因為，以前的自己不曾想過會有這麼個改變一切的人闖進我的生命。

「怎麼啦？親愛的，擀麵糰到一半就開始一直發呆？」

現在正在做甜點，因為半個小時前小憐說她想要吃千層派。

做是不難做啦，流程也都算熟悉。但也不知為何今天就是一直回憶起以前的事情，精神有點恍惚，手腳比較慢。

「……抱歉，今天好像比較累。」

「欸欸？沒睡飽嗎？親愛的……要注意睡眠才行呀。」

「還不是因為妳每次睡覺的時候都抱那麼緊。」

有時甚至感覺那比較像是勒緊而不是抱緊，我最近常常晚上睡到一半覺得無法呼吸，險些窒息。

「……人家怕你晚上寂寞或做惡夢嘛。」

「好啦，妳的心意我收到了。」

確實，我以前晚上最大的渴望就是有一個人擁著我入睡。只不過是願望成真的如今並沒有料到力道會那麼大而已。

「那先排除掉睡眠的問題，疲累果然是因為養分攝入不足導致的嗎？」

「不會吧。這陣子都是我煮飯，我都盡量挑些比較營養的食材，照理說維生素 ABCDEFG 都有好好攝入才對。」

如果以前自己吃的話倒是覺得吃什麼都沒差。

但現在是煮兩人份，就會希望能讓小憐吃健康點，所以我也試著去改進自己的飲食習慣。

「不是那種無關緊要的東西啦！你攝取不夠的是『小憐素』。」

「所以那是什麼鬼東西？」

「就是維持你生命運作所必須的最重要養分。藉由與小憐卿卿我我、充分膩在一起後在體內自然形成。」

「齁？這樣呀？那具體是怎麼運作的呢？」

「呃……我想大概是類似光合作用那樣吧？我是太陽而你是植物，藉由充分吸收我的愛後你便會像植物那般在體內自然生成小憐素，接著成長茁壯，變得健康活力。」

明顯越扯越遠了，雖然知道她完全是在鬼扯。但卻不是特別討厭。

所以我也試著去配合她說的話。

「哦哦？原來是這樣呀，那妳可以給我示範一下這套系統是如何運作嗎？」

「好滴。」

說著說著，一直在旁邊看我擀麵糰的小憐便走到我的身後一把抱了上來。

「如何如何，有變得精神起來了嗎？」

兩顆令人心神蕩漾的碩大果實就這樣從背後直接抵了上來，而且從這個觸感來推論……

沒穿……她裡面沒有穿！

哦齁齁齁齁！這樣呀！

的確是變得精神起來了。

所以說，男人究竟是被上帝設計成了多麼簡單的生物？

「確實是有精神了。」

「對吧對吧？」

「但這樣好像變得更難擀麵糰了。」

畢竟有一個人在後面抱著，雙手不好施力，而擀麵團可是個力氣活。

「怎麼辦？那我要鬆開手嗎？」

「不用，保持這樣就行。我還需要多攝取些小憐素，大概。」

「嘻嘻嘻嘻，那太好了。」

見我對她的胡言亂語表現得如此配合令小憐很高興。

總之呢，託她的福，我現在全身上下都充滿了小憐素。

雖然並沒有醫學根據指出那東西究竟對人體有益處還是壞處，但起碼我現在沒有感受到任何不適，心情也稱得上是愉快。

比起以前的生活，現在顯然是好上太多了。

儘管莫名其妙的事情還是有，但總體而言確實算得上是過得不錯。

我想以前那個店員所說的『活下去才有機會看到的美好部分』，對我來說一定就是指眼前的這副光景吧？

第四章　病嬌女友和一整天的普通約會

「吶吶，親愛的。」

「嘿？」

「雖說假日總是兩人在家甜甜蜜蜜的也很不錯，但要不要久違地出去玩？」

「欸？突然？」

「因為有一陣子沒有這麼做過了嘛。」

也是啦，我們之間出去約會的次數的確不是太多，大部分時間都是兩個人窩在家裡耍廢居多。儘管很甜蜜，但總會感覺少了些什麼。

不過這事不能全怪我，實在是因為跟小憐上街玩所需要顧慮的東西太多了。很怕一些小細節沒處理好，她會在大街上做些顯眼的動作。

於我而言，也不希望情侶約會弄到上警局。一邊是被害人；一邊是加害人的奇葩狀況。

「嘶……我想一下。」

「哼?寶貝你該不會是不想跟我約會吧?正常來說，男朋友都會立馬答應來自女伴的約會邀情才對吧?」

小憐看我有點猶豫就又繼續對我使眼色施壓。

要是現在不去她肯定會對我鬧脾氣，要是去了又很可能會因為一些小事對我鬧脾氣。去跟不去都很麻煩呀。

「……好吧。我們出門，我去換衣服。」

這根本就是叫我從『現在就死』或『等等再死』中選一個嘛。

既然真的要選的話，我想大家都會選等等再死吧?

「太好了!我也去換衣服。親愛的喜歡看我穿哪件?」

「妳穿什麼都很漂亮。」

「嘻嘻嘻嘻，嘴真甜。我很期待哦，今天的約會，要帶我去好玩的地方哦。」

我在衣櫃隨手抓出襯衫、薄外套和卡其褲後便到客廳等她了。

雖說彼此既是同居關係也早就已經是坦誠相見過的狀態，但打擾淑女更衣換裝還是很不禮貌的。

話說回來，她剛才是不是說要帶她去好玩的地方?

也就是說約會行程是我來定嗎？

完了完了完了，一點頭緒也沒有。總之先上網查一下，希望能在她化妝更衣結束前想好，我想大概還有個半小時。

在這期間，我用手機狂滑猛滑，誓死要為她挑出一個盡可能好一點的行程。

要是她稍有不滿意……結果大概也是可想而知……

會殉情，絕對會殉情。

先搭車去市區、吃個午飯、看場電影、下午在適合打卡的咖啡廳吃甜點、逛街、打保齡球、晚上去河畔旁的景觀餐廳吃晚飯。

……大概就是這樣吧。我在網路上抄來了這樣的約會行程。

啊對，吸取了上次搭乘公車的教訓，這次我要改搭計程車。

儘管這樣兩人份的花費並不便宜，但平常有好好節省再加上小憐她也很少提出要出去玩，所以偶爾搞上個這麼幾次我還是負擔得起的。

趁著小憐還沒出來，我再次把行程和細節在腦中重新理過一遍。

「親愛的，久等了。我穿這樣好看嗎？」

的確就如我所想的那樣，經過了半個小時，小憐她甩著裙襬從房裡出來愉悅地向我展示著她的約會戰袍。

她臉上化了些淡妝，穿著一件典雅的長版水色連身洋裝。

這件衣服將她的身材曲線襯托得很好，不會太過的妝容替本就是美人胚子的她又加了幾分。

實在是很漂亮，儘管刪去對自家女友吹捧的部分也還是綽綽有餘。是走在路上大概率會回頭多看幾眼的美女。

「非常好看。」

「哼哼，又一次重新愛上我了嗎？」

「我一直都很愛妳。」

「唔……嗚，怎麼今天嘴這麼甜。」

小憐聽了我的讚美後就像個愛情剛萌芽的害臊少女那樣扭扭捏捏了起來，搭配上約會用的裝扮，對於男性的破壞力有點強。

暫且先將自己心跳漏掉的那一拍無視掉，這種氛圍無疑是約會的好開始。

相信我只要能將出門到回家之間的這段時間都保持住這樣子的浪漫甜蜜，我的性命便能受到保障。

「哪有妳甜呀。」

所謂病嬌二字，分別由病和嬌組成。

平常總是看到病態的部分，所以偶爾也該露出嬌羞可愛的模樣才合理對吧？

今天的目標就是讓小憐嬌羞害臊，盡到一個男友的責任致力於給予她獨一無二的專屬浪漫，替兩個人創造美好回憶，升溫感情。

總是木訥寡言又對於情感表達有些彆扭的我，偶爾一次作為男性強勢地領導這段感情關係或許也是挺不錯的體驗。

「……這樣子一個勁的猛誇人家好狡猾。」

「走吧，我叫了車。」

鎖好家門後，我牽起小憐的手領著她走到幾分鐘前用手機叫來的車旁。

像紳士般替她開車門並引領入座。

「司機先生，請帶我們到市區。」

「好的。」

駕車的叔叔依照我的吩咐，引擎發動，車子也隨之前進。

坐在後座的我們全程握緊了彼此的手，溫度隔著手掌傳來。

一陣子後，小憐將頭靠在了我肩上闔眼休息。畢竟離市區有一段距離，所以稍作小憩會是個不錯的選擇。

她的舉動並沒有給我帶來什麼負重感，因為其身子就如羽毛般輕盈，即使全部倚上來對於一個男孩子來說也沒多少重量。

頭和大腦是人類儲存記憶、整合感覺訊息、處理『情感』的重要器官。

所以將頭依靠在對方身上這個舉動，其背後也就意味著將全部情感託付給對方。看著能夠這樣依賴並且信任我的女孩，從她身上我也得到了相應的安心和歸屬感。

「到囉。價錢就跟跳錶顯示的一樣。」

一陣子的搖搖晃晃和在街區穿梭後，我們抵達了目的地。司機為了不吵醒在我肩上休息的小憐而小小聲的和我說著。

其實沒有必要這麼客氣，反正我們橫豎都是要下車，還是得把她叫醒。

「啊，好的。來，請您點收。」

「金額沒錯。話說你們是來約會的對吧?小哥你的女朋友好漂亮呀，想必很幸福，真是令人羨慕。唉呀呀，年輕真好。」

點完現金並收下後，司機叔叔朝我們兩個看了一眼後有感而發道。

雖然並沒有表明過我們是情侶，但是從我們沒有穿得那麼隨便、一男一女搭計程車、表現親暱、地點是市區……等種種細節處可以窺見我們二人的關係。

「啊哈哈，您太過獎了。」

這漂亮的確是很漂亮啦，但我覺得司機叔叔他也沒什麼好羨慕的。

因為這貨病起來的時候實在是很要命。

福這東西主要還是得看你有沒有命去享。

「走囉，小憐。」

「……嗯……我們……到啦？」

將小憐叫醒後，我牽著還揉著眼睛看上去還沒完全清醒的她下車。

順帶一說，她打哈欠的樣子好可愛。

「謝了，司機先生。」

「不會不會，要玩得開心哦，可愛的小情侶。唉呀，年輕就是好呀。」

我再次向司機道謝，對方則是拋下這句話後便駕車揚長而去了。

聽到這話的小憐不僅變得精神奕奕而且還滿臉笑盈盈的樣子。

「怎麼啦？這麼高興。」

「因為他說可愛的小情侶嘛，我們在別人眼裡看起來很般配呢。」

「我倒覺得那話還是客套居多。」

「那個無所謂的嘛。我們今天先去哪邊玩？」

根據我的計畫，因為一下車的時候剛好是中午所以要先去吃個中餐。

「先吃飯怎麼樣？妳應該也餓了吧？」

「姆……是有點。」

別看小憐那樣，其實以女生來說她食量不算小。

我煮飯的時候她總是要再多添飯。

有次當我好奇問她怎麼食量那麼好，她回了我個人認為很滲人的恐怖答案。她說『要吃飽飯才有力氣殉情』。

有的時候她那腦迴路還是讓人有些跟不上。

儘管我自詡為她的最佳理解者，但顯然有些邏輯就連我也無法理解。

自從那之後我就再也沒有問過這方面的問題了，因為感覺越問只會問題越多。

「我網路上找了間餐廳，似乎評價挺不錯，我們去試試？」

「好滴。吃飯飯，和親愛的上街吃飯飯，約會吃飯飯。」

小憐勾著我的手臂，在市區的街上又是哼著現編的歌又是蹦來跳去的。

看上去雀躍萬分明顯心情很好，儘管有些幼稚，但我覺得這樣也很不錯。

這種童稚反倒讓人覺得添了份可愛。

偶爾也不禁懷疑，為什麼這樣軟綿綿又香噴噴的女孩子總可以在一瞬間變成舉著刀子騎在我身上想取我性命的母夜叉。

「店家大概位在離這裡步行九分鐘的位置。」

「收到。」

再次用手機開地圖確認位置和距離後，我指向前方說道。小憐依舊維持著很不錯的興致拉著我往目標方向走。

沿路上有不少人對我們投來了好奇的視線，一方面是因為小憐的美貌總是那麼吸睛，另一方面是因為我們兩個逛街的步調很奇怪。

簡直就像是在遛寵物一樣。

至於哪方是寵哪方是主？這點還真不好說。畫面既像是我牽不住暴衝的她，又有點像是活力過剩的她在硬牽著我不停向前走。

「等等等等等等……」

「嗯？親愛的怎麼了？」

「到了啦！到了啦！就是這邊這家餐廳。停一下。」

「欸……到啦？」

費了把勁抵達餐廳，明明只有幾分鐘的路程卻感覺精神上很疲憊。對於在人前沒什麼情感波動的我來說，要在人來人往的大街上配合小憐那種高漲情緒實在有些強人所難。

「是家日式料理呢。」

「沒錯。在網路上看到別人說評價不錯。」

「您好，請問是兩位嗎？」

「是的，我半小時前有打電話來訂位。」

「我來帶位。」

門口的店員看到我們兩個傻站在那便上前來詢問，隨後替我們帶位入座。一進店便能發現這是一家從裝修到擺設都相當講究的店舖。

「這是菜單。等兩位決定好後再來叫我們點餐就行囉。」

店員發給了我們一人一份的菜單，畢竟是很講究的店，所以上面的價格自然也是相當講究。

不過先前也講過，偶爾來一次是還好的。況且真的要說貴這只是皮痛，晚上訂的景觀餐廳才是真正讓我感到肉痛的。

「如何，小憐有想吃什麼嗎？」

「很多看起來都還不錯的說。可是……這樣花費會不會太多？我可以出錢。」

小憐體貼的說著，看來她對我的消費習慣還是有著一定程度的了解。

不過這邊不能讓她出錢，這無關乎她的家境和她是不是個有錢人，而是作為一個男人卻不能負擔約會費用的話實在是很失格。

「沒關係的，畢竟是約會。今天的錢都我來出吧，作為男友我想替妳買單。」

雖然具體來說這些錢也不是我賺來的，只是我那亡父的遺產而已。

反正要是他還活著的話估計也只會把這些錢拿來飲酒作樂，偶爾拿些錢用來資助自己兒子和可能是未來的兒媳婦也沒什麼不好，想必他老人家在天之靈也不會有意見吧？

「哦哦，這樣呀！好帥！那我就不客氣囉。不好意思，能幫我們點餐嗎？」

「是的，小姐請說。」

在她的呼喚下，一名女店員靠向我們點餐。而我則是刻意把眼睛別開，避免和她對上眼，免得到時候小憐又因此發作。

雖說她病歸病，應該還沒有誇張到這地步。

但今天可是約會，我得盡量做到自己能做的最好。

「我要這個、這個跟這個。」

在菜單上比畫了幾下，小憐很快就決定好自己要吃的東西。

和我不一樣，我是個很在意後果凡事總是想很多的人，而她則是個想到什麼就一股勁去做的行動派。

「好的。那先生要什麼呢？」

「欸……不知道。不然妳隨便推薦一個好了。」

「啊啊，其實本店的食物都特別有特色。其中我推薦這個、還有這個的評價也很不錯、這邊這個則是我們廚師的自信之作、這個新品很多客人點、然後這個則是我們店的主力商品……」

就這樣，我隨口的一問打開了這個女店員的話匣子。

她似乎對於自己的工作很有熱誠，幾乎是滔滔不絕地把菜單上的每道菜都跟我介紹了一遍，最少也講了五分鐘有。

對於她的敬業，我只想說，夠了，這位姊姊！妳這樣一直和我說話讓我把女友晾在一旁，萬一她誤會吃醋的話可得怎麼辦？要是等等這店鋪變成大型殉情現場，妳負得起這責任嗎？如果四周這些漂亮的裝潢染上我體內的紅色的話，妳一定會被開除呀！

「停停停停！這個就行了，這個主廚推薦燒肉定食就行了。」

「欸？可是……」

她看起來還很想講的樣子。

到底是怎樣？這姊姊妳別來亂行不行。

「啊啊啊啊！肚子好餓呀。要是菜餚能快點送上來就好了。」

「欸？嗯？好、好的，我這就下去把你們的單子交給廚房。」

在我大聲的催促之下，這個女店員才肯慌慌張張地拿著點菜單離開。

……抱歉，我也不想當奧客。

但還請你們體諒我的行動都是為了這家店和店內的其他用餐者著想。相信你們不會有興致想看到血濺餐廳的。

「看不出來，原來親愛的你有那麼餓。」

與我相反，小憐看起來倒是顯得意外平靜，只是瞇起眼睛、托著腮對我微笑說。

看她那樣泰然自若，或許是我自己在小題大作也說不定？

不過凡事還是謹慎點比較好。

「……沒有。我只是不想讓妳等，我希望今天的一切至臻完美。」

還有我自己私心希望這不會成為我最後一次出來跟妳約會。

我把後面這句話給藏在了心底。

「你真體貼。」

握著我的手，小憐她溫柔地說著並與我相視而笑。

怎麼好像哪裡不太對勁，該怎麼說呢？今天的她特別善良無害的感覺。

……簡直就像個普通女孩子似的。

接著，直到餐點上來之前，我們倆之間維持著這種不同於以往的曖昧氛圍。

「這些是你們的餐點，我令師傅們以最快的速度做出來了，抱歉久等了。」

剛剛那個女店員匆匆忙忙地將我們的食物端來。

果然是因為我前面的奧客行為導致她表現得如此慌張吧？

「呃，謝謝。然後……抱歉。」

「謝謝。」

在我們兩個向她道謝後，她才像鬆了口氣似的離開我們的桌子。

「「我開動了。」」

兩個人很有默契地說完，便各自拿起碗盤旁附上的餐具開始進食。

我的面前是附有味噌湯、蒸蛋、毛豆的燒肉定食。

小憐的面前則是她剛才點的一堆有的沒的，偏好辛辣食物的她主食選擇了辣的豚骨拉麵，額外加點了盤叉燒。

小菜點了雞唐揚、和風沙拉、一些醃漬物和手捲。

「是說，小菜這樣不會點太多嗎？吃得完？」

「我當然吃不完呀。」

「蛤？那幹嘛點這麼多？這樣不會很浪……唔，好吃。」

正要譴責浪費食物的話才說到一半，小憐將作為炸物的雞唐揚夾了一塊塞進我嘴裡。

「因為我想著要餵你吃，所以一不小心就點多了。來，啊——」

「啊——啊姆。好吃是好吃，但給妳這樣餵……就好像是我在撒嬌一樣，感覺有些害羞。」

「嘿嘿嘿，畢竟我是你女友嘛，再多撒嬌點也可以哦。」

總感覺餵食著我的她看起來比實際吃到了食物的我還要更加高興。

那嘴角洋溢著幸福的微笑很具吸引力。

「……別捉弄我啦。」

「不然換親愛的捉弄我試試。啊——」

「這不還是妳在捉弄我嗎？」

話鋒一轉，變成小憐張開那姣好的櫻桃小嘴在等待我餵食的情況。

意識到自己不餵她的話是不會善罷干休的，所以儘管十分害臊，但我還是用筷子從自己碗裡夾起一塊燒肉往她嘴裡放進去。

和我表現出的拘謹不同，她則是毫不客氣地像上鉤了的魚兒般大口連同我的筷子咬住食物。

鬆開時還牽了點她的唾液回來。

「嗯姆姆姆，好吃！因為是親愛的餵食的，所以又更好吃了。」

小憐一邊咀嚼肉塊一邊如此稱讚道。

而我則是愣愣地看著自己手上那小憐含過，被唾液濡濕的筷子。

……不知為何，總感覺好像有幾分色色的感覺。

「呼哈，好辣好過癮。」

相較於我正看著筷子害臊，小憐她則是像個沒事人一樣，開始享用自己面前那碗第一眼看上去就紅得不行，不吃也知道鐵定超辣的拉麵。

而我視線所關注的重點並不是在食物，而是正在吸吮麵條入口的她。

熱湯的高溫使得現場熱氣繚繞，再加上辛口的麵條，惹得小憐香汗淋漓。

汗水打溼了她那布料單薄的洋裝，最明顯的地方莫過於那出汗雙峰之間的峽谷。甚至就連胸罩都給透了出來，連這都渾然不知依舊悠然自若地吃著麵。

或許小憐最為致命的地方不是隨身帶著的刀子，而是那份天然也說不定。

「嗯？你還好吧？親愛的你都沒怎麼動食物耶。」

「沒有，只是妳進食的樣子很美，稍微有些看出神了。」

「真的？好高興！再多稱讚一些嘛，和我多說說你覺得哪邊最漂亮。」

聽了我的讚美後，小憐接著具體問是哪裡最美。

奶子！不對，我總不可能這樣光明正大地承認自己飯都不好好吃只顧著盯著她的胸部瞧吧？

儘管這樣如實以告，她大概也只會聳聳肩說『可以盡量看呀，反正又不是第一次看，而且還是男女朋友』這種話。

不過那樣會嚴重影響到我的正人君子形象。

更何況我今天想要在她心中留下的是帥氣男友印象，而不是好色笨蛋。

「痾？蛤？嗯？眼睛！我覺得妳深邃的眼眸很美麗。」

「這樣呀，那你可以一輩子注視著這雙眸哦。我也很喜歡被你看著哦。」

……雙峰？

不對，她說的是雙眸才對。

顯然我的注意力和思緒都被奶子給蒙蔽了，連維持語言系統和正常思考都有些困難。

接下來的用餐時間中，我的眼睛不曾移動過。

我甚至都不記得我是什麼時候把碗裡的東西給吃完的，也不知道食物是什麼味道，好吃與否。

但那因汗水而透出來的球型，就像烙印在腦海般，我始終忘不了。

有關於好色這點。

並非是我這個體的缺陷，而是普天之下的全部男性都被上帝設定成了這個丟人的樣子。

「呼嗚，好飽。滿足了，親愛的，我們下一站去哪？」

用面紙擦去了額上的汗水，小憐接著問。

「不先坐著消化一下嗎？」

「邊走邊消化嘛。」

「那就跟我一起去結帳吧。在那之前，來披上這個。」

在小憐從座位上起身之前，我先一步靠過去脫下外套披在小憐身上。

「嗯？」

「妳身上出了些汗，如果直接到外面吹風會受寒的。」

「……親愛的好體貼。又要再一次愛上你了。」

雖然我口中說的受寒也是其中一個原因，但之所以這麼做的真正理由是從剛剛開始就有不少好色之徒不停往這邊看過來。

前面才剛說過普天之下的男性都好色，現在就被驗證了。

你們這群變態人渣給我把視線從別人女友身上移開！只有我可以看！

結帳的過程中，我全程摟著披上了我外套的小憐，為的就是要宣示主權。在走出店外之前，更是狠狠地朝裡面那些變態瞪了一眼才肯離去。

「總感覺今天親愛的特別主動。小憐我很高興哦。」

「畢竟是約會嘛。偶爾也會想展現帥氣的一面。」

「嘿嘿。雖然平時悶騷的樣子很棒，但今天積極主動的模樣也很令人心動呢。感覺……有點濕了。」

「喂喂喂！我們還在外面！講話收斂一點！」

「好啦好啦，開個玩笑而已。而且從剛才開始親愛的一直緊緊牽著人家，手的確是有點被汗濕了。」

「抱、抱歉……覺得噁心嗎？」

聽她這麼說的我連忙把手抽回，確實是從剛才就一直拉著她。是緊張加上兩人的手溫交疊在一起所導致的汗腺分泌。

「怎麼會？才不會噁心呢。」

她一邊溫柔地否定了我的問句，一邊再次將我鬆開的手牽起。

一瞬間，我竟心動得無法自拔。果然我女友是最棒的。

「只要是親愛的，不論是汗液、唾液、血液還是〇液，只要是你的體液，我全都不介意的哦。」

隨著她用性感聲線小小聲說著的這一句，我剛才心動的感覺也不復存在。

這種發言雖然也令人在別種意義上感到心動，但卻是毀了剛剛那種情侶牽手純情愛戀的氛圍。

四周一些聽覺敏銳的人更是朝我們這邊看了過來。其中不乏一些面紅耳赤的女孩子和露出了詭異微笑的男人。

「噓噓噓噓！剛才不就說過我們還在外面了嗎！這種話小聲點。」

「……嘿嘿嘿嘿嘿。」

我牽著她快步離開這個人群聚集之地。

同時也往我們行程的下一站走，也就是電影院。和一路上面紅耳赤的我不一樣，小憐像是個惡作劇得逞了的小孩子般，一路上都笑嘻嘻的。

一段距離後，我們抵達了市區裡最大的一家電影院。

循環播放的預告片上放出幾部最近剛出的電影。

分別有一部輕鬆詼諧的喜劇片、一部浪漫的經典愛情故事翻拍版、一部十八禁的好萊塢驚悚片。

「小憐，妳想看哪個？」

不知道她會選擇什麼，喜愛美式幽默的她或許會挑喜劇片也說不定。不過現在正在約會，中規中矩地選擇愛情片的可能性也很大。

驚悚片當然也不排除。

畢竟她病起來的時候散發的氣場和驚悚片中的怪物或殺人魔相比也毫不遜色，搞不好單純會因為這樣的親切感而選擇它也說不定。

「嗯……好問題。要吃什麼口味的爆米花才好？」

小憐扶著下巴，貌似很認真地思考著。

和我想的不一樣，她的注意力並不在預告片上，而是聚焦在旁邊賣的爆米花。對她而言，看什麼片似乎遠不及吃焦糖還是奶油的爆米花來得值得思考。

這樣的反應令我有點無語，不過因為很可愛所以沒問題。

「……等一下妳想吃的口味我全部都會買，所以說還是先選片吧。」

「看什麼都可以的，我光是能欣賞你看電影的樣子就滿足了。」

「不對！妳這樣做的話就不能算是在看電影了吧？」

「要我說的話，如果親愛的也能欣賞我看著你看電影的樣子的話……總覺得這樣會很浪漫。」

「那不就是普通的對望而已？這樣子還有來電影院的必要嗎？」

「親愛的你有所不知。事實上，絕大部分的情侶來電影院的重點從來都不是看電影本身，而是享受跟戀人的卿卿我我。」

「嘶……我不排除的確有些人是那樣想的啦。」

技術上來說，小憐她講的也沒錯就是了。

確實很多男男女女來電影院的真正意圖根本不是電影本身，大概就是俗稱的醉翁之意不在酒。

具體而言可能是想牽牽小手、親親小嘴、情到深處時再摟抱個兩下什麼的。

不過我不明白那種在家就能做的事情幹嘛特地來這？也許是還在試探期或剛確立關係的男女們會感興趣吧？

講到試探期，我們之間的關係發展是直接跳過那一步的，幾乎是從相遇那一刻開始就被小憐給緊緊黏上了。

「那怎麼辦……我也不知道看哪部比較好，萬一選到大雷片我會自責的。」

「看親愛的你那麼困擾的樣子，我剛好有個好辦法可以替我們做決定。」

在她的好辦法之下，最後我們兩個決定看愛情片。

於是，我和小憐兩個人抱著巧克力、焦糖、奶油三種不同口味的爆米花和飲料入座。

也不知道是大家不喜歡這部片，還是剛好這個場次人比較少，除了我們外僅有零星的幾個座位上是有坐人的。

順帶一提，我們決定看哪部電影的方式是回歸到最傳統的猜拳。

我贏，喜劇片。她贏，驚悚片。

最後出爐的結果則是平手，所以我們看這部浪漫愛情片。

我沒意見，畢竟這個主題也很符合約會的氣氛。

「感覺沒什麼人呢。」

「這樣才好，在燈光晦暗又人數寥寥無幾的電影院中，你想對我做什麼都不會被人發現。」

「好的好的。電影好像快開始了。」

「好過分！不要無視人家嘛！」

將小憐的刻意撩撥先放置於一旁，我雙手交叉於胸，專注地盯著眼前聲光效果十足的大螢幕。

受到冷落的她並沒有因為我這盆冷水而就此罷休，反倒是鼓著臉頰靠在我胸口。

我甚至搞不清楚這是在撒氣還是在撒嬌。總之很可愛。

不過我也稍微有些擔心她維持這個姿勢會對肩頸產生不良影響，況且就這樣讓她歪著看電影也傷視力。

我準備好等等先哄哄她再令其坐正來。

「哦哦，開始了開始了！」

結果當電影正式放映時，小憐立刻自發地把頭拿開並將身子坐直。

我的擔憂完全白費。

什麼嘛，明明就很期待電影，像個小孩子似的興奮不已。

我、我才沒有覺得可惜什麼的。

放映中……

前面的劇情就像是大部分的爛俗愛情片一樣。

男女主角相遇、接著遇到一些麻煩、車禍意外、不治之症、雙親的不諒解、第三者介入……

總之就是比較套路。

既沒有犯什麼大錯誤但亦不值得給予任何褒獎。

稍微值得一說的是結局的部分，女主角在最後的最後因為受到男主角的託付而含淚親手結束了患病男主的性命，隨後又因為痛殺愛人而選擇自盡，兩人共赴黃泉。

怎麼說呢，就是那種比較三流的電影，就連一些淚點和結局都顯得有些刻意做作。

我算是能理解為什麼這部片沒有太多人看了。是製作上太不嚴謹了。

帶著爆米花的空盒和飲料瓶等垃圾走出放映廳的同時，我順便問問小憐她的感想。

「如何？覺得怎麼樣呢？」

「嗯，親愛的在放映廳裡認真鑑賞電影的模樣好帥哦。」

「不是我！我是問說電影本身品質怎麼樣！」

結果根本答非所問。是說該不會真的兩小時內都只盯著我的側臉看吧？

「哦，那個呀。我想想……該怎麼說呢？」

重新理解了我的問句後，小憐思索了一下。

太好了，聽起來她至少是有看電影的，票錢總歸是沒白費。

「整體而言就是劇情很平庸？啊啊，不過結局我很喜歡，一起殉情這點實在是很浪漫呢。光憑這個就大大地昇華了整個故事高度。」

「……我認為那單純只是妳的個人喜好。」

那個略顯突兀的結局反轉好像很對小憐胃口的樣子。也難怪啦，畢竟她平常就總是殉情殉情的喊個沒完，是很硬核的殉情廚。

雖然跟我想的有點不太一樣，不管怎麼說，她能喜歡真是太好了。

「那麼我們去下一站吧。找些娛樂。」

「嗯嗯。親愛的我們玩什麼?」

原先網路上看到的約會行程是推薦去打保齡球的。但我實在是沒打過，難得出來約會實在是不想被看到蹩腳的一面。

附近的其他娛樂場所有網咖、撞球館、街機廳、卡拉OK……等等。

哪個比較好呢?

帶女朋友出來玩還去網咖好像有點奇怪。

撞球館裡龍蛇混雜，容易惹是非。

況且小憐那麼漂亮，萬一有附近的小混混來搭訕，最後演變成起口角要和我打架的狀況，我對自己能否打贏實在是沒什麼自信。

街機廳似乎還不錯，夾個女孩子喜歡的娃娃送給女伴什麼的。

不過如果我技術很爛，投了很多幣最後用保證取物價夾出來，感覺兩人都會很尷尬。

所以用刪去法的話……

「卡拉OK怎麼樣?」

「嘿欸?刻意挑兩個人在那種小包廂裡面?莫非是想和我偷偷做些什麼?」

踮起腳來，她冷不防的在我耳邊輕聲說著，還順便吹了口氣。

小憐又開始拿我尋開心了，一整天下來像這樣子的挑逗多了起來。我也開始逐漸產生免疫力，這時候果斷無視就行。

「呀啊啊啊，好害羞好害羞……嗯？親愛的？怎麼一個人先走了？等等我！」

待她從後面追上來後，我們重新肩並肩地來到了一家連鎖 KTV 的櫃檯。

「您好。兩位是吧？」

「是的，還有包廂嗎？」

「有的，小包廂。馬上為您帶位，請兩位跟我來。」

在工作人員的帶領之下，我們來到了自己的包廂。考慮到是在市中心的黃金地段，這小包廂還真的是很小。

據說是五人的包廂，和能容納的人數相比起來我還是覺得坪數有點略少。情侶是沒差，但三五好友想來歡聚開唱的話得注意一下。

「歌單、麥克風都在桌上。點餐、點歌都可以用那台機器。有問題可以再用機器呼叫服務人員。」

簡單交代完後，工作人員就關上門離去了。包廂裡只剩下我和小憐。

「怎麼樣？想來做些羞羞的事情嗎？可愛的女友就在這任你撒嬌哦。」

剛坐下來，就對我伸出雙臂這麼說，一副只要我現在抱上去想做些什麼都可以的樣子。

「嗯……唱什麼呢？好像韓、英、中、日的歌曲都有呢。」

「姆！你又不理人家了！」

「好啦好啦，別生氣。能唱首歌給我聽嗎？我想聽妳唱歌。」

「欸欸？當然好……不對！我還在生氣。你抱著我才要唱！」

「……妳是小孩子嗎？」

「被當成小孩子也無所謂啦！快點快點！」

最後因為拗不過她，所以還是順從了。

小憐側坐在我的腿上，用雙臂環抱我的頸子。我則是摟著她的腰，這個姿勢有點令人害羞，不過她倒是很滿意的樣子。

雖說有些失態，但在包廂裡沒被別人看到所以倒也無所謂。而且做為男人來說，有這種豔福絕對是我賺到。嘴上說著不耐煩，但老實說我心裡其實挺樂呵的。

「親愛的，你不唱嗎？」

她先是用點唱機挑了幾首歌，從韓國女團到西洋經典電影的插曲，一連唱了好幾曲。待螢幕上的字幕走到最後一句、背景的旋律逐漸淡出，小憐開始問我有沒有興趣加入跟她一同高歌。

「好的。唱個兩、三首好了。」

順勢而為就答應了。

事實上我從來沒有過唱歌的經驗，所以也不確定自己的歌喉好壞與否。

因為一直沒有什麼要好到可以一起來的朋友，在人際相處上我始終和別人有些距離感。

或許可以將之歸咎於我的家庭背景導致的自卑感，但我自己更加傾向於說成是因為個性悶騷內向。

稱得上是關係要好的……偉哲或許應該算是一個。

但兩個大男人一起來唱歌也太奇怪了吧？雖然根據他的濫好人個性應該是不會拒絕這種邀約……但我果然還是沒辦法接受那種情境。

「那麼我開始了哦。」

在點唱機上選了兩首幾年前的中文流行歌，我接過小憐遞來的麥克風後便開始一展歌喉。

跟著旋律和節奏，在每個點精準的唱出歌詞，珠圓玉潤、清耳悅心。

我自認沒有搞砸任何一段，演出簡直堪稱完美。

音樂結束後，我滿意且自豪地看向懷中安靜聆聽的小憐，渴望能從愛人身上得到一些讚美。

「妳覺得怎麼樣？」

「痾……嘶……痾……怎麼說？」

「太震驚了？導致不知從何給予評價？謝謝，那是很好的評價。」

「不能全說錯，我確實是很震驚。嘛，對於現在的人類來說還有點難以理解，相當前衛？不過……既然是你唱出來的，那對我而言就算是最好的了，大概。」

小憐用微妙的表情給予了這樣子微妙的評語，隨後在我臉上親了一口草草結束了這個評論環節。

前衛嗎？我想這算是稱讚。

所以代表我做得還不錯？也許我這人有歌唱的天賦也說不定。

「那我還想再為妳獻上兩曲可以嗎？」

「欸……要不親愛的你先休息一下？一連唱兩首很累的。」

「可是妳剛唱了好幾首耶。」

「我、我我我還想再多唱一點給你聽嘛親愛的，難得有這機會。」

不知為何，總感覺小憐好像刻意不想再讓我唱的感覺。

也許只是錯覺吧，她可能是聽了我的歌聲後受到了啟發，想多唱一些跟我較勁？

儘管我不是很懂音樂，但平心而論小憐的聲音是真的好聽，那甜美的嗓音如銀鈴般悅耳。

即使去掉男友濾鏡，也依舊會認為那是天籟。

再加上長相出眾，要是被星探發現大概會被簽去當偶像吧？我女友真讚。

「呼……好累。」

「誰叫妳要唱那麼多。」

「沒辦法……我必須這樣……才能保護我的耳朵……」

幾首歌下來後，小憐疲憊的用小分貝音量喃喃自語地說著。

其聲音之細小讓我無法辨別她具體是說了什麼，但她語氣中的疲累我確實收到了。

「不如找個地方休息一下？我有找到家咖啡廳，應該會是妳喜歡的類型。」

「有甜的可以吃嗎？」

「有有有，是那種適合打卡的網紅店。」

「太好了，親愛的真懂我。」

女孩子喜歡甜食這很正常，小憐尤其是如此，總喜歡在網上訂一些甜食回來囤冰箱。所以聽到咖啡廳這種地方，沒有拒絕的理由。

想必等等，她又會點一桌的甜食吧？

實際上確實也與我想的狀況相去不遠。

「嘿嘿嘿，這個的奶油看起來好棒、這邊這個上面有水果、這個聖代也不錯、這個巧克力太吸引人了、蛋糕造型也很可愛……」

露出了閃閃發光的眼神，小憐露出幸福的表情看著滿滿一桌的甜食。

而我只點了杯黑咖啡，就坐在她的對面看她用湯杓一口一口的將甜膩食物塞進嘴巴裡。

在場的高熱量感覺光只是看著就能令人發肥，為什麼小憐都吃不胖呀？明明一整天已經吃了那麼多東西。

「……啊，沾到奶油了。」

一個不小心，鮮奶油從蛋糕上落下，掉在了小憐的傲人雙峰之上。

原來是這樣子。

看著那發育良好的雌性第二性徵，我想我搞清楚脂肪都長到哪裡去了。

厲害，真的厲害。

「來，面紙。」

「謝謝。」

從口袋抽出面紙遞給小憐。

她老實道謝，並用它小心翼翼地擦去了沾到的鮮奶油。

「還你。」

接著，小憐把沾過奶油的髒衛生紙團交還給我。

「蛤？我要這幹嘛？」

「舔？」

無法理解我的困惑似地，小憐嘴裡塞著挖聖代用的湯杓歪著頭說。

「不用了！我還沒變態到那個地步！」

「……意思是以後才會變態到那個地步？」

「才不是。」

時間就在她一邊進食一邊逗弄我的閒話家常中過去了。

「滿足滿足。」

就在我手中的熱咖啡失去溫度，逐漸變成一杯溫咖啡的時候，小憐也將整桌甜品完食，撫著纖細而曲線姣好的腹部滿意地說著。

在這咖啡館稍作休息並打卡拍照了一會兒後，我才牽著她結帳離開。

接下來離晚餐還有一段時間，所以我們漫無目的在市中心裡面到處晃晃。

陪小憐逛街買東西的行程自不會少，在著名的打卡地點拍照、在街上的抽獎販賣機抽到令人哭笑不得的沒用獎品、在某個廣場聽街頭藝人吉他伴唱、在河畔旁的飼料機買了飼料餵魚、坐在長凳上看著鴿子閒聊……

今天一整天過得就像是普通的情侶一樣。

最後，預約的時間到了，我帶著小憐來到附近的西式景觀餐廳。

不愧是景觀餐廳，這裡建得確實漂亮。也難怪收費上會那麼貴，料理看起來也很不錯的樣子。燈光美、氣氛佳，是個能讓人品味到低調奢華感覺的好地方。

有說有笑地，我和小憐她維持著不錯的氛圍愉悅地聊天用餐。

「小憐，今天滿意嗎？」

在用餐結束後，我握著小憐的手溫柔地問。

可能是因為喝了些餐前和餐後酒吧，感覺我現在變得稍微大膽了些。

「……謝謝，親愛的，今天真的很棒。」

小憐也輕輕將另外一隻手疊上來，微笑著附和我。

一切都是那麼的美好，但我卻隱隱覺得在這和諧的氛圍之下有哪裡顯得不太對勁。

真的這樣就好嗎？我們兩個的約會？這麼普通的度過？

像這樣子的疑問突然地浮現在我的腦海裡。

今天雖然很愉快，但就是覺得缺了些什麼的感覺。小憐一整天雖然表現得像是無可挑剔的完美女伴，不過卻少了一些什麼。

關鍵的什麼。

仔細去回想小憐今天的舉止，簡直表現得就像是在刻意迎合我似的。

這種搞不清楚哪裡出錯的感覺令我胸中一股莫名煩躁。

掩飾著這樣的煩躁，我和小憐叫了車一起回家。

一路上我們兩個一句話也沒說。有可能是因為我們兩個今天玩累了，但更有可能是我在哪個小細節上做錯了也說不定。

回到家以後，小憐依舊和我表現得十分恩愛。

又是親又是抱又是摟，也一同洗了個鴛鴦浴。時間晚了後，我們兩個熄燈入眠。表面看上去甜蜜得不行。

在光線晦暗的房間裡，我躺在床上，無法看清枕邊人的臉龐。

但從那有些紊亂的呼吸，我想她現在定是一副心事重重的表情。

「小憐？有什麼想跟我說的嗎？」

「……親愛的。」

她回應時的語氣顯得有些猶豫的樣子。

像是早就想到我會發問，但是卻不知道該如何應答般。

「說吧。我瞭解妳，雖然不太明顯，但我知道妳今天一整天都表現得很古怪。」

「……被發現了嗎？」

我心想怎麼可能不發現？光只是在外一整天都沒發病這點本身就已經令人覺得很可疑了。

「是呀。就像妳總鉅細靡遺地觀察我，我的目光也總注視著妳。怎麼說也是妳男朋友嘛。」

「嘿嘿，怎麼突然說起那麼帥氣的話？」

昏暗的房裡，伴隨著那溫柔笑聲的是緊靠而來的體溫。

稍稍調整過姿勢後，我將她攬入懷中，她的身子緊靠著我的胸膛。

「……吶。在我們相遇的那個雨天，當時彼此都覺得對方是怪人對吧？」

懷裡的女孩子在躊躇過後，緩緩地開口。

向我提起了，兩人間最初的相遇。

「怎麼突然回憶起初見面的狀況了？」

「你回答人家就是了嘛。」

那個雨天嗎……確實是這樣子呢。

客觀來說的話，以她那天的狀態能不被認作是怪人嗎？

「的確是沒錯。拿著把刀子獨坐在公園裡頭淋雨的人不是怪人是什麼？」

「而對這樣子的我，親愛的你卻沒有感到絲毫恐懼，反而是過來跟我搭話。」

「……雖然妳當時一臉嫌惡就是了。」

「因為是突然搭話嘛，而且還是在四下無人的狀況下湊近而來能不警戒嗎？況且當時臉上還掛著淚痕，顯得很窘迫。」

想了想，她說的也沒錯。

像我那樣在奇怪的時間地點隨意過去搭話，任何一個有著正常價值觀、自我保護意識的女孩都會有所警戒。

「這麼說起來妳還是有點常識的嘛。」

的。」

「什麼嘛，這種瞧不起人的說法，簡直像把人家當成腦子不正常的女神經病還是什麼似

「痾……那個姑且先不提。」

「欸！不要想偷偷轉移話題。」

「總之，那個先不提。我們回歸正題，怎麼突然提起這事？」

無視追問，我強行把討論的方向扭回來。

小憐則像是思緒徹底沉浸回那個雨天般，幽幽地說著。

「在那時候我遇見了你，而你也接受了這樣子的我。我真的感到很開心……真的真的一直都很高興，每天都幸福得像是要死掉一樣。」

可以的話還是不要死掉比較好。安靜聽著的我在內心吐槽。

「我知道自己有哪裡很奇怪，像是我喜歡殉情、常常無法控制地醋意大發、無時無刻都想知道你的行蹤、情緒起伏巨大……等等。」

「好幾次我也曾想改掉這些習慣，但卻總辦不到。往往回過神來就已經手上握著刀子對著被五花大綁的你。」

「今天我一整天都在嘗試保持普通人眼中的浪漫，做一個可愛普通的女孩子、做一個不

會造成你負擔和麻煩的女朋友。」

我抱著小憐，靜靜聽她說完這些。

講話的途中她哽咽了好幾次。那種拚命忍住淚而發出的嗚咽聲令人好是心疼。

「不，我不曾有任何一刻真心覺得妳是麻煩過。」

「但你本來可以找一個普通的女孩子享受普通戀情、幸福度日，能走過一個平凡踏實的人生軌跡。」

「妳也未免太高估我了吧？就我這衰樣，除了妳以外也找不到第二個人會喜歡我了啦。」

「噗，這麼說還真的是。」

我沒想過小憐會在這種時候笑出來，害得原先醞釀好的情緒和氣氛都沒了。

照常理來說，這裡不是我出言安撫缺乏安全感的她然後兩人就此感情升溫的發展嗎？果然不正常呀，我女友。

「……妳不要在這裡被我說服好不好？情緒都沒了。而且我覺得我好像因此有點受傷耶。」

「哈哈哈，抱歉抱歉。」

就這樣，本該很嚴肅的談話氛圍隨著小憐的破涕為笑而突兀地結束。

儘管如此，但我知道小憐她心裡頭隱隱對於我們兩個這種畸形而不正常的感情形式，心裡留有不必要的愧疚和迷惘。

而我也知道作為一個男友應該要怎麼做。

所以接下來，我不帶遲疑地將她緊緊環抱住，然後靠在耳邊一字一句地輕輕說著。

「聽好，我喜歡上的就是妳。」

「就算有點奇怪也好，就算喜歡殉情也好。」

「就算喜歡拿粗繩把我綁起來也好。」

「就算喜歡拿刀子指著我的心臟也好。」

「我喜歡那個雨天認識的妳，是那天為我的生命重新賦予了意義。」

我將一直埋藏在心裡的話一口氣說完。說真的相當令人害臊。

但沒有絲毫後悔，因為我確實這麼認為。

管他普通的生活、管他普通的感情、管他普通的戀人。

怪異又何妨？和別人不同又如何？危險致命又怎樣？

因為是我的，所以就是最好的。

「嗚……嗚……嗚……」

被我抱在懷中的小憐聽完後，掩蓋不住情緒。此前忍住的淚水全數潰堤，將我的上衣濡濕。

此刻我沉默地攬著小憐的身子，讓她恣意釋放情緒。

一段時間經過，她緊繃的雙肩放鬆了下來，心情也重回平穩。

「呼，哭過之後感覺清爽了不少。不過還是得說，親愛的你那段話哪裡學的？也未免太肉麻了點吧？」

「什麼？妳還不是感動到都痛哭流涕了。」

「才沒有咧。只、只是一瞬間不知道為什麼眼淚停不下來啦！跟那沒關係。」

是是是，老早就知道了這人就是嘴硬。

所以她說是什麼就是什麼唄。

「吶親愛的，你知道現在我最想幹嘛嗎？」

哭完後一直緊抱著我的小憐，爬起身來點亮床邊的燈。

用有些興致勃勃的眼神看著我問。

「……作為妳的男友，姑且還是知道的。」

在這種深夜裡孤男寡女，我們之間能做的事也就只有那一個了吧。

「沒錯，親愛的。」

說完。

小憐便在床頭櫃裡翻出麻繩和刀子熟練地把我給捆了。

接下來的時間就是慣例了。小憐針對今天約會的時候女服務生一直親暱的想和我搭話這點進行了好長一段時間的審問，也針對咱倆是否今天殉情這點和我僵持不下了好一陣子。

最後依舊是在軟磨硬泡之下才放過了我，一切都跟平常一樣。

結束這個逐漸習慣的流程後，她緊貼著我，滿足且幸福地笑著。

「親愛的，今天……那個……」

突然，小憐趴到了我身上，用閃爍著嫵媚的雙眼看著我吞吞吐吐的說著。

「那個？」

「……不要讓女孩子說嘛。」

當被我問到時，小憐滿臉通紅羞赧地說著，並對著我的胸膛不斷粉拳敲打。

哦，那個啊。看她這樣的表現，那我搞懂了。

不知道是不是鬧殉情時的激情點開了小憐的開關。

最後，我們兩個像一對正常的年輕情侶般好好地大幹了一場，翻雲覆雨了整整一個晚上。

所以說，約會，真是一件好事呢。

第五章　繼承而來的扭曲價值觀

我的名字叫做小憐。

現在正就讀小學的我自從有記憶以來，每週總會有那麼幾天在保鑣們的護送之下像這樣子來到醫院探望病人。

此時，保鑣們全員在外頭待命，我則是將手放在病房門把上。

深吸了口氣後，在臉上堆滿笑容地將它拉開。

「媽媽，今天小憐我來看望您了。」

拉開門，坐臥在病床上的母親和我對上視線。

「……妳父親他今天也不過來嗎？」

母親稍有猶豫地顫抖著唇問，就像明知道問題的答案卻還是希望能從我口中聽到它被否定推翻。

「爸爸說他很忙，就跟平常一樣。」

我走近母親的病床旁遺憾地對母親說道。

在這個向醫院特別要求的加大單人病房中僅有我們兩個，顯得有那麼幾分寂寥。

要是父親在這的話想必不會是這種感覺吧?因為母親在見到父親時臉上總是表現得那麼興致高昂。

「果然是這樣……就只因為我時日無多便不再關心我了嗎?或許，我死掉了對他而言反而更加輕鬆吧?」

在得知了父親今天依舊公事纏身後，母親虛弱的臉上又再次添上了失望。

從我有記憶以來看到的母親總是這樣，被疾病與悲傷纏繞。

據說她以前曾是個溫柔美麗又充滿活力的女人，待在她的身旁就如同沐浴春風一般舒適。

然而那樣的她現在卻被不治之病給折磨得瘦骨嶙峋，說起話來也失去了過往的優雅，儘管聲音依舊溫柔動聽但卻不難從中聽出那絲無力感，就連那曾經帶給身邊人溫暖的笑臉如今也逐漸變得苦澀。

「爸爸說他『得要好好賺錢並極盡全力找尋解救您的辦法』。」

「呵，他總是這麼說著呢。」

那語氣中明顯的失望，從中能得知母親對於這種說詞有所不滿。

「明明……那根本就不是我想要的。」

「媽媽，您不想要病情好轉嗎？」

「我想要，因為我想要多一點時間陪伴在我心愛的家人身邊。而那指的就是妳爸，也還有妳。」

從這句話中可以得知，母親她儘管身體病了，但在心中對於我們的愛卻沒有絲毫減少。

儘管她的說法多少有幾分把我當成附屬品的感覺，但就算只是愛屋及烏也好，知道眼前這個懷胎十月生下我的人還是有些喜歡自己，令我有點高興。

「是的，媽媽請您一定要好起來。」

「……我會的，小憐。」

我由衷地希望母親能夠痊癒，變回那個我不曾見過的，生病前受眾人愛戴的溫暖女性。

母親略顯疲憊地回覆我的請求，用虛弱的手撫了撫我的腦袋瓜。

可是眼神中的無奈和嘴角的苦澀微笑卻都是那麼扎心。

儘管我年紀還小，但我能從種種跡象看出母親她對於自己的身體早就已經不抱持太大希望。

接下來報告完我和父親的近況後，便在保鑣們的護送下離開。

母親所生的病，是一種和血液有關的罕見疾病。人類現存的科技和技術沒有任何醫治的手段，據推估壽命最多也就只剩下三年了。

父親從我有記憶以來的生活，不是埋首在工作就是醫學期刊裡頭。

像這樣的探病不停歇地持續著，我一天一天地看著母親越變越虛弱。

她眼中的生氣也是隨著時間的逝去而逐漸消失。那份溫柔不變，但總感覺有些什麼在慢慢改變著，母親身上的氣質逐漸變得不太一樣。

一年後的某日。

「母親，我又來探望您了。」

我一邊放下探病用的水果籃，一邊熟稔地坐到母親的身旁，使她能看看並擁抱我。

「讓我看看……每次見面都變得更漂亮了一點，不愧是繼承了我的基因。」

「嘿嘿嘿嘿。」

「應該很快就會開始交男朋友吧？」

「還、還沒有啦。」

「鐵定會。畢竟這麼可愛。」

輕輕地在我臉上親了一口，母親對我誇讚道。

今天的她異常溫柔，簡直就像是有什麼想說的卻不知道怎麼開口，只能先從寒暄開始。

「媽媽您太誇張了啦。我年紀還小。」

「或許交往時間一久就會帶回來家裡吧？在經歷了數年交往被我認可之後，或許會結婚也說不定吧？」

「……只可惜，我的時間可能不夠了。真想看看妳穿上婚紗的模樣呀。」

「母親……我……」

「沒事的。今天不是要談這個，而是想以母親的立場跟妳聊聊男人、愛、生命這些難懂而又複雜的事情。」

稍稍深吸了幾口氣，母親她接著說下去。

「您的父親總說著要再賺多一點錢，尋求國外最好的醫療機構，用一流的醫生和設備找尋讓我活下去的辦法。」

「……但是他從沒有注意到我想要的只是他陪伴在我身邊。」

「小憐妳得記住，要是一個男人真的愛妳，他會選擇陪伴。」

「最浪漫的一件事，並不是他給妳世界上所有的財富和物質，而是在妳需要的時候他就在身邊，生死與共，直到永恆。恨不得一輩子注視著妳、會因為離開妳的每一秒而懊悔。」

「生死與共？也就是說……一起死掉很浪漫嗎？」

「對。要是發現愛深沉到願意跟妳一起殉情的人的話，請好好珍惜那個人。」

「……殉情？」

在心中細細咀嚼這兩個字的意思，這時的我尚無法完整理解。

死了的話一切不就全都結束了嗎？何來永恆之說？

「對，殉情。」

談論著這兩個字時的母親眼神閃閃發亮。

我從來沒有在她臉上看到那麼有活力的表情過，就好像這兩個字本身就是帶有神奇魔力的咒文般，光僅僅只是提到就能使情緒變得高漲。

雖然大腦沒能完全明白，但這咒文般的詞彙卻烙印在了我的腦海深處。

在這天以後，母親也常常同我談論生死、永恆、感情相關的事情。

有的很艱深、有的很難以理解、有的我尚未經歷過。

儘管沒能參透每一件事，但我能清楚認知到母親身上的巨大變化。這些日子裡氣質、個性、說話方式都有著微妙的改變。

其中最為明顯的莫過於聊到父親時她眼中流轉著的那一抹狂氣。

此時的我並沒能看出那雙眼中所飽含之物將會在接下來影響我從今往後的價值觀。

僅只是單純覺得母親她能夠再次變得精神起來是一件好事。

我也保持著一如既往的頻率持續不間斷的來探望母親。

一次又一次的探望。

一次又一次的向我詢問父親為何沒有陪同探病。

一次又一次的失望。

「小憐，愛很美好的哦。要是能成為永恆就更加令人稱羨了。」

「小憐，和喜歡的人待在一起、做各種各樣的事情時，心會像揪緊了一樣哦。」

「小憐，死其實不可怕，孤單才是最駭人的。」

「小憐，妳的父親也很想陪我，我知道他只是不善表達而已。」

「小憐，愛一個人會無時無刻想知道對方的行蹤，不錯過彼此的任何一秒。」

「小憐，如果我們兩個一起走後，妳願意陪我們嗎？」

「小憐，或許那樣的世界會更加的美好，我沒有病痛、妳父親也不再需要勞碌工作。」

隨著每次探病，能發現母親的精神狀況越來越差。

而每回對我說的話也漸漸變得難以理解。

除了情緒起伏大以外，嘴裡說著的東西我也越發聽不明白。奇怪的還有她最近總不自然地盯著桌上擺放的水果盤與其旁邊的刀子出神。

我有跟醫生們提過一些與母親的異常相關的事，也不知是我年紀小口語表達比較模糊，還是單純被誤以為是小孩子的胡言亂語而沒能讓他們理解狀況。

他們在聽完我所敘述關於母親的異狀後紛紛評道『可能是病情造成的壓力』、『是先生一直沒來探望的關係吧』、『家人的陪伴對病人來說很重要呢』、『小妹妹妳要代替爸爸多陪妳媽媽哦』……並沒有仔細去正視我所發現的問題。

畢竟大人們總是如此，沒有一個人懂得該如何去聆聽。

狀況就這樣一直持續，直至一兩年後，母親的身子變得虛弱不堪，而父親他不得已必須從繁忙的公事中抽出時間來到醫院探望。

而就是這麼一次的探望，讓我看到了母親的最後身影，也看到了她醞釀一輩子的愛意一次爆發而出的模樣。

這次，我依舊是在保鑣們的護送下抵達醫院。

有所不同的是，這一次我是和父親一同走到了熟悉的病房前。

熟練地推開病房門，將這個母親日思夜想的男人引領到她的面前。

「……嘿，孩子的媽。妳還好嗎？我一直在為妳找尋著這不治之病的解法。」

「真、真的是你嗎？親愛的？快靠過來，讓我看看。」

父親有些生疏地打了招呼。

母親先是驚恐懷疑，然後才是熱淚盈眶。

朝思暮想的那個人就在自己的眼前出現，不敢相信是現實。直到父親靠過去床邊讓母親能夠伸手輕撫他的臉頰。

「……好久沒能好好見上一面，我很想你。」

「我也是，但我更想治好妳。在我日夜不怠的找尋下，我找到一名國外的醫界權威據說可以治……唔姆。」

「噓，我只想享受現在這一刻。」

父親話還沒說完，嘴巴便被母親的唇給堵上了。

看到自己父母擁吻的模樣，我下意識地離開並把門帶上。總覺得應該讓他們兩個享受獨處的時間。

所以接下來的時間，我隔著牆偷偷地聽著他們兩個對話。

或許用『對話』二字來說並不準確，因為在久未見面的激情過後開始圍繞二人的是『爭執』。

「……為何拖這麼久才來見我？」

「白天操忙公司的事，晚上聯絡各方。我很努力找尋延長妳時間的辦法。」

「倒不如說，不就是做著這些事的同時消磨了本就不多的時間嗎？」

「我只是想讓妳的存在延續。」

「而我只想在生命的最後有你陪伴在身旁。」

他們的討論沒有共識。

最後存在於彼此之間的就只剩沉默。

「……親愛的。」

率先打破空間中寂靜的人是母親，她接著說下去。

「在我被囚禁在這個病房的這些時間，我想通了。」

「如若不能同生，何不嘗試共死？」

母親的語氣從這一刻開始變得冰冷沉重。

這是平常那個說著難以理解話語時的她。

「……親愛的，要是你真的愛我的話，拿起桌上的水果刀，結束一切吧。」

「孩子她媽，拜託，我們再試試看！這次找到的國外醫生真的很厲害。只要妳願意的話，一定馬上就可以——」

「不，我了解自己的身體狀況。說不準幾天後就因為扛不住病情而走了，痊癒是不可能的，強硬地延長我生命幾個月也沒有太大的意義。」

「但是，我們可以努力看看，一定有什麼是我們能做的——」

「別總是在無解的算式中尋求正確解答。如果你真的不願意替我動刀的話，那就由我來吧。」

「不！不要！不要這麼做！放下好嗎？拜託！求妳……放下……」

「唔哦哦哦……唔哦……我、我希望你能追隨而來……如果你愛過我，請和我一同殉情，別再讓我感到寂寞了……在另一邊一切都會好起來。」

先是父親撕心裂肺的叫喊聲，拉開了序幕。

接著我聽到鐵器和桌子摩擦發出的聲音，然後是母親的痛苦哀號。

最後是父親崩潰失控的哭聲。

親。

「母親！」

一直在門外偷聽的我終於察覺事情不妙，衝進裡頭。

我看見的是腹部被銳利水果刀刺入的母親，和緊緊抱著她並慌亂地試圖替她止血的父

整條白色床單都被染上了血色。

我的大腦無法處理眼前的畫面，一瞬間感受到了暈眩。

「小憐，快去外面找醫生過來！」

臉上還都是淚的父親叫喊著把我的意識喚回現實。

我頭也不回地跑出去尋找其他大人來幫忙。途中不停甩首，希望能忘掉剛才的畫面。

母親那解脫般的表情看上去是多麼悲涼，但是她卻笑得比以往的每一次都要更加開心。

那一幕，不停在我腦海裡回放，往後的數年間也不曾忘記。

在我的呼救下，許多白袍醫者紛紛趕來把母親送到加護病房進行搶救。

但本就虛弱的母親在這樣的大量出血下，不論什麼手法也沒用。

加護病房外頭的我和父親，很快便被宣布了搶救不治的消息。母親她離我們而去。

「對於您夫人的事情我很遺憾。」

「請節哀。」

「節哀順變。」

我們沒有公布真實的死因，只對外宣稱因病而亡。

葬禮肅穆莊重，參加人數眾多。除了父親是政商名流這點以外，某種程度也體現了母親病重前的受人愛戴。

來我和父親身邊致意的人不少，而我基本上沒怎麼搭理他們。

因為我的注意力只集中在放了遺體的棺木上。

棺內母親的遺體被打理得很漂亮，上過妝後顯得有氣色多了，不像原先那樣蒼白，閉上雙眼看上去很平靜的模樣。

身旁則是用許多好看漂亮的陪葬品將之團團圍住……

陪葬品。想到這裡我的視線看向父親。

——其實母親真正希望緊靠在她身邊陪伴的應該是父親才對吧？

雖然想要對方與自己陪葬乍聽之下很過分，但仔細去想的話不就是『來生也想和你在一起』的意思嗎？

感覺確實有點……浪漫。

想必母親此前提到過的永恆就是這樣子吧。想要的不僅是對方的今生，更甚至是來世。這種想著要佔有一切的貪婪和執念就是愛情該有的模樣？不是很懂，但感覺好像稍微能理解了一些。

「……為什麼？」

「嗯？小憐？」

「……不，沒什麼。」

我本來想開口責問父親。

想想還是算了，畢竟自己不是當事人，而且作為晚輩沒有這種立場。

但是我依舊覺得他的行為很過分。不只在最後的階段沒有好好陪伴自己的愛妻，也不願意完成她的遺願。

母親最後臉上的那表情之所以那麼幸福，鐵定是深信著對方一定會追隨自己而去，才露出的微笑吧。

但本該那麼做的父親現在卻還站在這裡。辜負了她，正站在我的身旁。

想到這點我不禁落淚。母親的愛並沒有得到期望中的回應。

「沒事的，小憐。妳母親在另外一個世界會過得很好，不會再有虛弱病體、不會再有病痛、不會再有苦難。」

看到我臉上滑落淚珠形成的兩道淚痕，父親將手搭在我的肩上輕聲安慰道。

他以為我的難過是因為母親的逝去，但我真正難過的是母親在另外一個世界就和生前一樣依舊寂寞。

就算真如父親他嘴裡用以安慰他人的溫柔謊言一樣，另外一個世界沒有病痛苦難，但那又如何？那邊也同樣沒有母親所摯愛著的他。

葬禮結束，時間依舊不停歇地向前進。

失去至親這件事固然令人難過，但生活還是得繼續。

『不希望再有下一個和母親一樣受這種病所困擾的人』，那件事過後父親這樣說著，並繼續著他日以繼夜的工作和資助相關治療的研究開發。

儘管我不能明白，事到如今他這麼做又有何意義。

與之相對，我則是升上了初中，比起之前有了更多的人身自由。

說是這樣說，但我知道保鑣護衛們的狀態只是從『寸步不離地成天圍繞在我身後』改成『低調地在某個草叢或高樓大廈持高倍率望遠鏡追蹤我的動向』。

很變態沒錯。

但是卻能有效的從真正的變態手裡保護我。這很矛盾對吧？

主要負責這些活動的是作為護衛長的老爺子，基於他從小看著我長大，所以對我來說也幾乎跟親爺爺差不多了，對此我感到相當安心。

「吶吶，小憐，怎麼一直在發呆？」

「對呀對呀，忽然就傻住了？」

「是在想些什麼嗎？」

三個同性朋友，圍坐在我身邊聊天。

忽然話題停了下來，大家將注意力集中在我身上，也把我的思緒拉回來。

「抱歉抱歉。剛剛突然想到或許現在我們正在被某個攝像頭或望遠鏡注視著也說不定。」

結果一不小心就把心裡正在想的事情給脫口而出。

「偷拍？跟縱？騙人，好噁心。」

「……真是的。是怎樣才會在大家聊天的時候突然聯想到這種事的呀？」

「沒事的，這種是不會盯上我們的啦。畢竟我們只是尋常老百姓。」

欸對，因為方便的關係。

入學時我用的是偽造資料，偽裝成平凡人家。既沒有提到父親的企業，也沒人知道我們家是喪母的單親家庭。

所以他們自然也不會知道出身富貴家庭的小孩基本上沒什麼隱私這件事。

「哈哈，我偶爾就會這樣，比較天馬行空。話說剛才討論什麼來著？」

「小憐真是的，長得那麼可愛卻有著和外表不相符的奔放思維。不過天馬行空這點對女孩子來說也算是加分吧。」

……嘛，雖然我並不是在天馬行空就是了。

姑且不提錄像，大概現在的對話都是有被錄音的。

「剛才我在說我男友的事情。」

「是說妳兩個禮拜前交到的那個？」

「那個已經是前男友了啦。是說三天前交到的那個。」

「好快！」

「嘛，雖然震驚卻也不是不能理解啦。所謂愛情充其量也就是這種東西。」

「……欸？難道所謂海枯石爛的浪漫早已不存在這個時代了嗎？」

一聊起剛才的話題，這幾個女孩子們又像個八婆般七嘴八舌的討論了起來。

而我只是不發一語地聽著，在心裡起了不少疑問。

愛是那麼輕浮隨意的東西嗎？

是像遊戲一樣每當玩膩了就換一片的娛樂嗎？

我沒有經歷過，所以不明白。

但我曾聽母親在病床邊輕聲訴說過，也從她生命的最後看見了其愛的綻放。

事實上自從那天以來，母親那渾身染著血的欣慰笑容一直盤踞在我的腦海裡，想忘都忘不掉，那是她所展露過最幸福的表情。

——好羨慕。

有一天我也能像那樣愛上某個人然後笑得那麼幸福嗎？如果是我做出了同樣請求的狀況下，那個人又能否追隨我一同離世呢？

「吶吶，小憐妳呢？」

「……我？」

「沒打算交個男朋友試試看？明明長那麼可愛，肯定也很多男孩子喜歡。女孩子都會有所憧憬的吧？對於浪漫呀、另一半呀、披上婚紗、婚姻生活……之類的。然後接著就會開始幻想另一半的類型，妳喜歡哪種男孩子？」

「順帶一提，我個人喜歡在性生活上相契合的對象哦。」

雖然不是很懂，但繞了這麼一大圈，她開起這個話題就是為了要打聽這個對嗎？

「……沒人問妳這個吧。」

「妳這癡女。」

在另外兩個人吐槽的同時，我也在思考她剛剛的提問。

我嗎？喜歡的類型……

這時我的大腦又再一次閃現出了那自幼以來揮之不去的畫面。

那隨鮮血綻放的戀慕之情。

「……時常膩在一起，將死之時願意追隨我一同殉情的男孩子。」

稍稍恍神過後，我把自己的答案說出口。

「真是看不出來，妳意外的是浪漫派的呢。」

「不只有浪漫吧，老實說……聽起來其實有點沉重。」

「是受到一些愛情電影的啟發嗎？」

對於我所形容的類型，眾人紛紛在臉上表現了吃驚。

「不是，是父母。」

這次的對話就這樣在大家更加詫異的表情中結束。

下一次我重新意識到男孩子存在的契機，則是某日在櫃子裡發現那一封情書的時候。

「這是……什麼東西。」

某一日放學前，我意外在櫃子裡發現一份信件。

感到驚訝錯愕的同時也將其拿出來好好端詳。

單就外觀來看就是個被紅色愛心貼紙封住的普通信紙。

手寫的文字、上頭這個認識但印象不太深的鄰班男孩子的署名、放在我櫃子裡的這個事實。

就算我再怎麼遲鈍好了也明白這是什麼狀況。

上頭寫了在放學後會在學校後門等我。該赴約還是不赴呢？

……我想還是去吧。

既然信紙都確實地送交到了我手上，於情於理也沒辦法這樣視而不見。

「妳、妳好。我偷偷仰慕妳很久了。」

這個人果然真的在這等呢。

看上去一副很緊張的樣子，就像個笨蛋一樣。

「請、請妳跟我交往！」

看著他滿臉通紅怯生生地向我鞠躬伸出右手的模樣。

我並沒有感到心跳不已，只覺得很無奈。

「那個……請問為什麼是我？」

「因為妳長得很漂亮。」

也就是說並沒有什麼原因，只是單純的外貌協會囉？

「那如果和我交往的話，你想要做些什麼？」

我再繼續問。

我好奇原本在他腦中的戀愛藍圖會是什麼樣子。

「一起看電影、一起牽手擁抱、一起觀賞夕陽西下、一起逛街購物……」

「……那都是你想要的浪漫，你曾了解過我想要的是什麼嗎？」

「那……請問，小憐同學想要的是什麼呢？」

在我用疑問打斷了對方後，一直自說自話的他才恍然大悟，開始試著去詢問我想要的是什麼？

「我想要生死相隨的愛情。」

「好、好的。其實我這個人很專情，我可以保證一定……」

「不、不對，我說的大概不是你想的那樣子。」

再度被我打斷的這個人看起來有些疑惑不解。

「假設現在我想要你隨我去死，你能一口答應嗎？」

「……我……」

「再更具體一點，今天我把刀子送入腹中，你有膽量跟隨我嗎？」

「嗯？欸？這個……」

「看吧，果然猶豫了。」

所以說這個人不行呀。

接著我沒再管他，就這樣留他一個人在這錯愕，之後就逕自回去了。

隔天一登校便傳起了各種奇怪的謠言。

「欸欸，你們聽說了嗎？」

「我們同班的小憐同學她用好狠的方式拒絕了別班男孩子的告白。」

「蛤？那是怎樣？」

「據說是威脅要殺死對方還是怎樣的。」

「齁，那不是相當不妙嗎？看上去明明很可愛，沒想到這麼陰沉恐怖。」

「就是說呀。聽說傳到其他年級，反而有不少學長表現出莫大的興趣。」

我就這樣坐在教室後面聽著同班男生們自以為小聲地討論著，同時窗戶外也能發現不少男生路過的時候會往我這裡注意。

如雙耳所聞的那般，奇怪的謠言正在迅速散播著。

不是呀。我哪裡有說要殺了對方？我只是對他提出提問。

……況且有資格能被我殺死的就只有讓我看上眼的男人而已。

「（大小姐，需要做掉那些造謠者嗎？）」

老爺子發訊息過來，問要不要他出手幫我『處理』眼前的狀況。

「（不用，鬧出騷動怕不是得要轉學。謠言而已就讓它傳吧，正好少點像昨天那樣什麼都不懂就跑來跟我告白的人。）」

我這樣回覆正在遠處待機的老爺子，主要就是不希望把事情鬧大。

另外，順勢塑造我的陰沉形象應該也有助於勸退一些昨天那樣子的愛慕者。

人家也是女孩子，自然也會憧憬另一半。

但我實在不認為能理解我價值觀的白馬王子會出現在那種只因為我很漂亮就過來告白的外貌協會者中。

所以說，就順其自然地如謠言中所述，當個陰沉又不受歡迎的女孩子似乎也沒什麼不好。

……然而事情好像不如我所想的那樣。

因為謠言的關係使得關注度很高，我反倒人氣劇增。

從這天開始，我櫃子裡的情書也越來越多，每天每天都有好多男生把我叫到學校後面跟我告白。

最誇張的一次是我人到的時候發現他們已經排好隊列。

一個一個照順序被我打槍回去。

最後我在學校內得到了『難攻不破的殉情姬』這樣的美譽（？）。

「……呼，終於這樣的生活也能告一段落了。」

國中的畢業典禮上，我一邊聽著校長的致詞，坐在底下小聲地嘆氣。

希望升上高中後不會再受到這樣子的騷擾。

為此我也暗自在心中決定這次要到一個遠一點，沒人認識我的學校。

「小憐？妳還好嗎？已經在浴室裡泡了很久，沒頭昏吧？」

憫人他擔憂的聲音從浴室外傳了進來。

看來因為想起一些不重要的往事出神，一不小心泡得太久了。

「抱歉抱歉，我現在馬上出來。」

「欸！我說，不要溼答答又光溜溜的馬上抱過來！」

因為一開浴室門就看到最愛的男友站在那裡。

所以順手就一把抱上了。

「嘿嘿，情不自禁。」

「……拿妳沒辦法。給妳毛巾。」

一邊紅著臉無奈說著，一邊拿起旁邊的毛巾幫我把頭髮擦乾的樣子真是太可愛了。

好棒，好想拿刀子刺下去，好想跟他一起殉情。

在那個雨天遇上的人是他而不是別人真的太幸運了。

終有一天，一定會由我下定決心親手了結，一同前往另外一個世界。

屆時，兩個人都會很高興的告別人世吧？在那之前……先多些這樣互相陪伴的甜蜜生活也很不錯。

第六章　病嬌女友與其過往的荒謬愛戀

「呼嘿嘿，真的好可愛。」

洗完澡躺在床上，我一邊把玩著枕邊人的髮尾，一邊用不會吵醒他的音量獨自輕聲說著。

好幸福。好想殺掉。好想一起殉情。

躺在旁邊呼呼大睡的他實在太可愛了，我得拚盡自己全身的力量來抑制住衝動，才能忍住不抽出旁邊櫃子裡放著的小刀將他捅了。

因為，如果是在他睡著的時候那樣做的話就太沒意思了嘛。

必須得要在他清醒的時候由我動手兩人一起離開人世，那才是我至今為止所追求的究極浪漫。

……雖然確實想殺得不行。

但最近卻發現有著到了關鍵時刻總下不去手的傾向。

想必因為對方是命中註定的對象，所以才會有如此程度的內心掙扎吧？

我想這點也解釋了為什麼當時母親沒有率先取了父親的命。

我可以肯定，憫人他絕對是我命中註定的白馬王子，因為最近胸中的這份悸動和至今為止所交往過的每一任男友都不一樣。

以前唯獨就只有拿刀指向『男友』時能感受到心跳，但最近只要憫人表現得溫柔體貼或是靠在我耳邊說些甜蜜話語時也會，內心就像是揪緊了一樣。

正好提到以前的男友。嘛……說來還得追溯到高中的時候呢。

交過幾任來著？沒什麼印象，但好像絕大多數都撐不過兩週。

現在回想起來也都只剩下一些淡淡的印象。

只依稀記得，大部分都在我拿起刀子或是粗繩的時候，一邊對我大罵著神經病一邊落荒而逃。

「怎麼樣？小憐？今天也是情書成堆氾濫嗎？」

坐在位子上的我像慣例一樣被朋友給這樣調侃了。

我是小憐，最近剛升上高中。

起初，我還以為選一個離家比較遠的高中就不會再像之前那樣天天吸引一堆蒼蠅。

誰知道傳言的擴散性遠超我的預估，甚至就連到了這所學校都還是有我的仰慕者。接著再由他們一傳十，十傳百。

男生們都謠傳著這所學校有個『性格古怪的超級美少女』，聽聞傳言者紛紛朝我遞來情書。估計他們的想法都像是隨手買張樂透一樣。

沒中獎也不心疼，真的中獎了就賺大發。

有著這種心態的人，素質自然也就很明顯了。

見面的時候，臉上也沒有讓我看到那種能夠面對生死的覺悟。

我並不認為這種人會有膽量和我一同殉情，也不認為我自己會想和這種人一起共赴黃泉。

「……是呀，真的很麻煩。」

入學到現在的這段日子，拒絕的男孩子都已經超過一百個了。據說還多了個百人斬的稱號，雖然我完全不想要被人這樣給稱呼。

「我倒是挺羨慕妳那種人氣的。被妳拒絕的告白者其中也不乏有些看起來不錯的男孩子。」

「對我來說看起來都差不多，沒有適合我的。」

「這樣呀，妳真的不考慮挑個順眼的試試看嗎？從頭開始把一個男孩子調教成自己喜歡的樣子也不失其樂趣。」

這位朋友，我整個高中時代的好閨蜜，一邊玩著自己上過彩妝的指甲，一邊輕浮地說著。

……意思是說交往後再灌輸對方自己的價值觀嗎？有意思。

我以前從沒有想過可以這樣子。

她提出的這個新穎想法，直接震撼到了我。

搞不好真的能行。比起一直碰運氣般在野外試圖捕捉到合自己胃口的獵物，倒不如自己從頭開始培育一個。

「我會考慮看看的。」

「嘿？妳果然還是對男孩子感興趣的嘛。」

聽到我對她的提案有興趣後，她調侃道。

這我不否認。

大概是自從小時候看到自己母親用那欣慰的表情倒在血泊中時，我就無法自拔地對愛情產生了無限的憧憬。

那般激烈，那般壯烈。

像那樣燃盡生命的炙熱情感，實在是太過耀眼。

我也想像那樣子愛一個人，我也想像那樣子被一個人愛。

有朝一日，和最喜歡的人相靠依偎在一起，全身都沾染上彼此鮮濃的紅色。在身體變得冰冷去往另外一個世界之前，盡情互訴愛意。

這無比浪漫的情景，儘管我在腦中演練了無數次。

卻唯獨只有模擬不出那個男主角的相貌。

對於那個模糊的男性身影。

他應該要有多高？身上應該要有多少肌肉量？皮膚白皙或是黝黑？

這些疑問在那個人真正出現以前，都不會得到解答。那個讓我日日夜夜念想著的畫面也無法變得清晰。

……別的先不說，既然決定好要從頭開始培育一個男友，那我又該用什麼樣的標準去挑選呢？

不管了，先去見見今天朝我遞來情書的人吧。

雖然之前從沒正眼瞧過那些人，可如果非得要選一個來培育的話，就得挑選出個可能跟我殉情的好苗子。

「……總之先見過面再說。」

抱持著『先看過貨再決定』的購物想法，熟練地走到學校後面。

那裡站著的是個瘦弱男人，一直都是彎腰低著頭，他過長的瀏海遮住了眼。

一眼看上去就好陰沉的樣子。

「妳……妳好……」

用像蚊子一樣的細聲和我打招呼。

聽上去有些中氣不足的樣子，不確定是因為緊張還是體虛。

不出所料，果真和第一印象一樣，絕對是個超陰沉的男孩子。

「你好。這封情書是你寫給我的對吧？」

將疑似是他交給我的情書拿在手上問。

裡頭的文字相當符合他給人的印象，有種不擅長社交和不知道該怎麼跟女孩子說話的感覺。

一字一句都顯得很沉重。

「是……的……」

一樣是那有氣無力的回話。

怎麼說呢？正常來說會有人選這玩意兒當男朋友嗎？我想應該不會。

但搞不好就是這樣的陰沉男，才是殉情的好對象也說不定。

他看起來也不像是生活順利的樣子，說不定他本來就有思考過了結性命？

不知道刀子送入他胸腔時，他還能保持這麼小聲不叫喊嗎？我不禁去想像那個畫面。

說不定還有點有趣。

安靜而堅決地陪我一起辭世。若能如此好像也有點浪漫。

「那個，並不是在兇或責備你，只是單純好奇你以前曾經有想過去死嗎？」

「有……好幾次……都想過……活著很痛苦……」

這樣呀，有好好想過要這麼做呀？

豈不是正好嗎？

「其實……今天……本來也想過……被拒絕的話就去……自我了斷……」

又繼續說了下去，看來他今天是做好結束一切的準備來告白的。

這個人的覺悟很不錯呢。

「那如果說和我一起殉情的話你願意嗎？」

我再追著問下去，因為這點對我很重要。

「我想……那會……非常……浪漫。」

「好，合格了。」

「啊……欸？」

聽到我的認可後，一直聲如蚊吶的他也少見地提高了分貝。

這反應像是沒想過這種好事會發生在自己身上。這倒很正常。沒辦法，不是在臭屁，畢竟我怎麼說也是超級可愛的女孩子。

「我會從今天開始去改造你哦。」

改造成能和我一起完成憧憬中那副畫面的合格男孩子。

「嗯……謝、謝謝……」

老實地向我道謝後，我牽起了這個男孩子的手。

當把這個人培養成一個優秀且令我深愛之人後，一同赴死時我也能像母親一樣笑得那麼幸福嗎？

「不用謝，謝謝你。」

謝謝你願意陪伴我的任性，謝謝你願意完成我的願望。

也謝謝你願意把性命交至我的手上。

我就這樣隨意地和這個人談起戀愛了。

對方身上並沒有太多讓我欣賞的地方，而他大概也就只是因為我的外貌而逕自喜歡上我，彼此間並沒有太多的共通點和經歷。

我不確定這樣做是對是錯。我沒有太過深思熟慮。

這種狀況更像是思春期的女孩盲目地希望找個人陪，而不論那個人是誰。

「欸欸你們聽說了嗎？」

「聽說什麼？」

「就是那邊那個有點奇怪的美少女的消息。」

「哦哦，有呀。那個女孩子，聽說她好像交到男朋友了。」

「真的假的？我記得她是個不管誰來告白都不為所動的女人。對象是哪個高富帥？居然有辦法得到她的芳心。」

「聽說是別班一個很不起眼的男孩子，有點陰沉，不怎麼喜歡社交的人。」

「欸……難以想像，怎麼會是跟那種人？」

「畢竟傳聞她是個性格古怪的人嘛，但與之相對那份美麗也是貨真價實的。」

「……好羨慕呀。怪一點也罷，我也想要那麼漂亮的女友。」

在走廊上有了這樣子的對話。

路過的我不經意地聽到了他們竊竊私語的討論。

似乎覺得沒被我發現的樣子。

我不太喜歡這樣子的流言蜚語，如果是對我本人說的話倒也不在意，但我不希望自己的另一半承受他人的壞評價。

畢竟父親也是個光鮮亮麗、事業成功的體面人。

如果母親是跟這樣子的人殉情才能笑得那麼幸福，那我也要這麼做。

殉情之前得把對方好好改造一下，在九泉之下我才能死得瞑目。

「走，跟我來。」

「那個……小憐同學……要去哪？」

那天一下課，我就牽著他去打理一番。從理髮店到西服店，從飾品店到書店。

從裡到外，好好整理過一遍。

原先長到遮眼的瀏海在我的吩咐下被剪去、駝背的儀態被我給糾正、給不擅長社交的他買了許多與此相關的書來修正、不足的中氣在我調整了他的作息和飲食習慣後治好了。

一個禮拜後，整個看上去和原先的他都不是同一個人了。

周圍的人們開始瞧得起他，而他也變得樂觀健談。

「真的很謝謝妳，小憐。」

「沒什麼好謝的。」

「不，和妳交往以來我各方面都變好了，而這全部都是妳的功勞。」

某次只有兩個人的時候，他牽起我的手含情脈脈地對我說著。

對於這段時間的感激全洋溢在他看過來的眼神之中。

「我希望我也能為妳做些什麼。」

「嗯，今天能到你家去嗎？我有不能告訴別人的，只想跟你一起做的事情。」

既然對方問了，那我也順勢提出。

「欸？呃……這麼突然。雖然父母確實不在家，但我沒想到妳這麼主動……而且心理準備也……但妳能這麼說我很榮幸。」

自不必說，我口中所指的是殉情。

與我的嚴肅表情不同，對方似乎顯得猶豫又有些期待的樣子，雙頰發燙。

以此，我研判對方的心情也很高漲。

事實上，兩人至今以來的交往我一直覺得很無趣，和他這個人不論是牽手、接吻、還是擁抱，完全沒有任何一項活動能夠激起我心中的漣漪。

我想，果然唯獨就只剩下這一項行動能去確認彼此的感情了。

「那麼今天，會到你家去拜訪，請做好準備。」

「好、好的。在那之前我會記得先去買好防護措施的，請不要擔心。」

看到他這樣慌亂的說著，我只感到一頭霧水。

我只是想要確保他做好了心理準備，可他卻在跟我說什麼防護措施？

那是什麼鬼玩意兒？

或許他是打算要買幾份保險把受益人填給雙親吧，我想那也不錯。走前還能展現自己的孝心，也是一番美意。

回家經過一番梳理打扮後，我獨自來到了他的家，敲響門板。

之所以特意精心打扮，不外乎作為女人我想要漂漂亮亮地離開人世。要是太過邋遢，對來替我收屍的人也不禮貌吧？

「你好，我來了。」

「小憐，妳今天好美。」

帶著我走進他家，今天除了他以外，果然完全看不到任何人的蹤影。

就如我特別打扮過一樣，他也穿起比起平常更昂貴的襯衫。

臉上拘謹而又害臊的模樣，就像一週前那個聲音細小、彎腰駝背、垂頭喪氣的他一樣。

「請問，你比較想在哪裡做？」

「妳好主動。我、我是第一次，所以有點害羞放不開。果然還是要在房間吧？」

「……我也是第一次。就聽你的吧。」

第一次？自盡這種東西有人能經歷兩次的嗎？我很懷疑。

總感覺彼此的交談一直不在一個平行線上，希望這只是我個人的錯覺。今天對我來說是個重要的日子，可不希望出任何差錯。

嘛，在房間裡進行這點我倒是沒有意見。

原先我腦中的計畫就是這樣。

因為要是在客廳鬧出大動靜，不小心驚動鄰里，怕不是會被妨礙。

「……那麼跟我來。」

走在他身後來到他的房間。

是個貼了許多海報，擺放著遊戲機和漫畫的房間。

說來，這還是我人生第一次進到男孩子的房間裡面呢。

那個床底下是不是放著小黃書呢？

「別那樣四處盯著看呀……很難為情的……」

注意到我在他房裡四處張望的樣子，對方不知道該做何反應而搔著臉頰。

「抱歉。」

我為自己的失禮之處而道歉。

「那麼……開始一切之前能先給我個擁抱嗎？」

唔，擁抱嗎？

儘管我並不特別喜歡這麼做。

但母親臨終前也曾無數次的和父親索求，所以這樣應該有助於昇華最後的浪漫時刻吧？

「嗯。」

說完，他摟住我的身子。

又是親又是抱。好無趣呀，為什麼母親會喜歡這種行為呢？他伸入我嘴裡的濕潤舌尖，並沒有給我帶來愉悅，只帶來困惑。

這個應該要感到舒服嗎？

大家都這樣覺得嗎？莫非其實不正常的人是我才對？

「來吧，我們到床上去。」

「唔……」

對方終於親到一個段落後，牽起手邀請我來到床上。

接著解開上衣，坦露出自己的胸膛。

因為是第一次見到異性年輕人赤裸著上身，所以我心跳不已感到異常害臊……我原本是很想這樣講的。

但心裡卻還是沒什麼特別的反應。奇怪，常理來說的話，這時候不是應該要臉紅心跳嗎？話又說回來，為什麼要寬衣解帶呀？是衣服不想染上血嗎？明明都已經要共赴另一個世界了，這個傢伙卻還一直婆婆媽媽個不停，牽掛真不是一般多。

「那麼……來吧。」

「嗯？等等。」

見到對方開始解皮帶的動作，和注意到他拿在手上未開封的小包裝，我好像開始理解之前的違和感是怎麼一回事了。

「……怎麼了嗎？」

「我說的不是這個。」

「不是這個？欸？莫非……妳是想嘗試什麼難以啟齒的玩法？」

「不。呃……好像也對。」

要說的話好像也是，但又不完全對。

「那、那好吧。反正我也不太懂，總之妳想怎麼做就按妳的意思來吧。我躺著閉上眼，準備好了就叫我睜開。」

放棄猜測我的意圖，如口中所述的那般躺平。

臉上表情就彷彿是在期待驚喜那樣，難掩欣喜。

「……那我來囉。」

該怎麼動手才好呢？

我像電影一樣，從綁在腳踝上的刀套裡抽出求生用的小刀。

雖然也購入了和母親那天用的同款水果刀，但那實在是不便於攜帶，所以才退而求其次地選擇了這款。

儘管對於浪漫或許有些減分，但鋒利卻是不容置疑的。

「好了嗎？」

「還沒。請再給我一點時間……讓我做好心理準備。」

面對躺在那的男方催促，我懇求更多的時間。

只因為此刻我感受到了前所未有的興奮，心臟怦通怦通的跳動。持刀的手因為情緒高漲而不斷顫抖，這一定是所謂『戀愛』的心情吧？

畢竟母親曾經說過，和心愛的對象待在一起時會心跳不止。

說的肯定是現在這樣吧？

接著……只要刀子往他揮下去一切便會開始，然後揮往自己一切即可終結。

得以如願完成過去幾年以來心中一直憧憬的那個構圖。

眼窩？心臟？胸腔？頸部？

專注看著這大字躺平的男孩子身上的各種要害，全身的每個細胞都感到躍躍欲試。

「好了，可以睜開眼了。」

我高興地用柔和的聲音呼喚對方睜開雙眼，接著把反射著銀光的美麗刀刃從半空中揮下

——

「哇啊啊啊啊！痛痛痛痛！啊啊啊！妳在幹什麼呀！？」

睜開眼的瞬間，對方撐大瞳孔。了解狀況後，本能反射地側過身子。

就是這個關鍵動作使得劈斬而下的刀尖沒能刺入，僅僅只是擦過他的臉頰。最初，先是從傷口冒出血泡，接著量開始變大。而後，鮮血流出隨重力而下，瀑布般形成一條血痕。

「妳瘋了嗎妳！妳到底想怎樣！」

注視著那因愛而生的傷口，那傾瀉而下的鮮紅愛戀奪去了我的思考能力。將我的神智喚回現實的是眼前這個他的大聲咆嘯。

他慌慌張張地從床邊摔落地上，顫抖著身子慢慢往牆邊退去，模樣像極了受驚的小動物。

「……我，我只是想和你一起殉情而已。」

「妳在胡說些什麼東西呀！妳這個瘋子！」

「但是……你不是曾經答應過我……願意與我一起殉情赴死？」

「那種事情怎麼可能會是真的呀！談個戀愛要把命搭上？不是有病是什麼！」

我腦裡充滿困惑，提著刀子向他靠去，想要尋求認同，尋求這個一週前答應成為我的伴侶、夥伴的這個男人的理解。

而他卻只是面露懼色，一邊捧著臉頰止血，一邊繼續蠕動著往牆邊的方向退。儘管已經退無可退，但卻還是不停扭動身子，像是恨不得把自己和牆壁融為一體般。

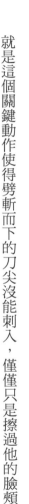

「說死就死怎麼可能有人能辦到！離我遠一點！不要再靠近了！妳有病！快去尋求醫療幫助！妳這個怪物！」

啜泣著嘶吼，恐懼、害怕、無力抵抗。

是的，如他口中所述的那樣，他這個反應無疑就是人類面對『怪物』才會表出現的反應。

雖然早就有些地方能發現端倪了，但卻在今天才被完全證實。

——我，果然有毛病呀。

原來自己並不是童話故事中的惹人『憐愛』的公主，而是受人唾棄的『可憐』怪物呢。

「抱歉……看來你並不是我在找的人呢……我……會離開的。」

不曉得這個時候該做何反應，我道歉然後轉身背對他，允諾離去。

「滾開滾開滾開滾開……快給我滾開！妳這怪物！」

然而他並沒有因此而平靜下來，反倒是一邊持續把身邊的東西向我丟來，一邊嘶吼著要我離開他的房間和住宅。

面對這樣的惡意，我不發一語地將刀子收回腳踝邊，邁步走出這個地方。

直到我人已離開好幾步遠，都還能聽到從住宅內傳來的哭泣聲。

我不懂為什麼明明受到背叛的人是我，但正在落淚的人卻是他。或許，就是因為想不透這點才是我會被稱作怪物的理由之一。

「（大小姐，我看到了完整的事情經過。）」

「（是嗎……這樣呀……）」

一走回街上便接收到老爺子的傳訊。

他的態度比起譴責，更像是單純在向長官彙報。

「（恕老身踰矩。敢問，大小姐這是在模仿您的母親嗎？）」

「（我不知道……如果是的話你會來阻止我嗎？）」

「（那不在我的工作內容裡。）」

意思就是說，因為他的任務只有保護我的人身安全，除此以外的事情一概都與他無關是嗎？

想必就連今天惹出的事情他也會幫我妥善處理吧？畢竟這是在保護我，屬於工作內容的範圍。

「（老爺子，看到這過程你也會覺得我是個怪物嗎？）」

「（大小姐。老身是上過戰場的人，什麼都看過了。老身就只管護主周全，並不會去在乎自己的主人是個人類還是怪物。）」

沒有直接反駁。

也就是說，在什麼都見慣了的老爺子他眼中，我也已經足夠偏離常識了對吧？

「唉……能夠和怪物談戀愛的王子……會在哪裡有呢？」

走在路上，嘆息著自言自語。

雖然今天單就從結果來看很失敗，但我卻初次嚐到了心跳的滋味。

感覺好像又對愛情再多理解了一點。

想必從今以後像這樣談更多場戀愛，就會變得更加明白。終有一天，也一定能找到那個王子吧？

抱持著這樣沉重卻又充滿期待的心情，結束了今天。

「吶吶，你們聽到八卦了嗎？」

「沒耶，話說你這架勢不就是正準備要講了嗎？」

「好啦，那我也不賣關子了。聽說那個古怪美少女，不知道用了什麼激烈的手段和上次傳言中那個男的分手了。」

「真的假的，我還聽說那個男的在她的改造之下短短一周就變得一表人才，人也帥氣了不少，怎麼就突然分手了？」

「……不知道，好像很嚴重的樣子。據說，前幾天有目擊報告指出男的還來學校辦理轉學手續並且舉家搬遷。」

「啊，我聽過一些小道消息，說是那個女孩子瘋了一樣拿刀要取他的性命。」

「太浮誇了吧？那種明顯是在加油添醋的胡話你也在信。那麼柔弱的女孩子都不知道拿不拿得起刀子。想也知道一定是那男孩子惹了對方生氣，所以兩個人才分手的。」

不知道是不是我很擅長隱匿氣息還是怎樣。

總感覺這所學校的人談八卦的時候都不會注意到我，每次走在校內總能不經意的聽到和自己有關的傳言。

嘛，對方搬家、轉學，這件事想必是老爺子他們不知道用什麼方式封了口，並安排他們到別的學校和住所避風頭。絕對用了很多錢吧？

父親的公司就是有著這樣子不講理的財力和影響力。

對於傳言本身我沒什麼好評論的，畢竟好大一部分都是事實。

令我感到些許意外的是今天鞋櫃裡的信件還是那麼多，甚至是有增無減。

那些負面風評並沒有影響到這些人。根據我的推測，之所以數量增加的主因大概是抱持著『上一個男的那麼普通都能告白成功，那我豈不也有了機會嗎？』的這種心態。

「……膚淺得令人發笑。」

對於那種想法我不禁評道。

男孩子是不是都覺得只要對方可愛、漂亮就行了？

從來沒有去想過對方會是什麼樣的性格？什麼樣的價值觀？有著什麼樣的靈魂？

老喜歡膚淺的用外貌來判斷一切。

可他們不知道，若只單從外表判斷的話，對方是人還是怪物？

……雙眼根本分辨不出來。

「嘛，今天也去見見來告白的人吧。」

無所謂。一個一個來吧，就像惡龍面對無知的挑戰者一樣。

於我而言，更多的邂逅就意味著有更多的機會找出白馬王子。

沒有人會知道青蛙王子裡的公主為了挑選出真愛而親吻了多少隻醜陋蛙類。

就像那故事一樣，差別只在於我並不是公主，而是令人感到懼怕的怪物。

拖著逐漸腐壞的心靈和盤據腦中的夢饜，試圖找尋一個能夠包容接納更甚至是理解自己的人。

「小憐同學，我喜歡妳。」

「這樣呀，那你願意和我一起殉情嗎？」

「好的。」

這樣說著的是一個體重快百斤的胖子。

第一印象只有油膩的這個男人，爽快的說著願意和我一起殉情。

三天後……

「嗚咿咿咿咿咿！請饒過我！請您不要取走我的命！為此我什麼都願意做！」

冷汗直流……或許該說是油脂直流。

總之從他額上冒出的水珠把地上給浸濕，再仔細一看似乎不只有汗水，就連胯間都濕成一片，這個人竟然失禁了。

重申一遍，承受不住我的滿腔愛意，失禁了。

單單只是把刀子對著他，他便露出這樣難看的模樣。

原先還以為外表醜陋，但可能會有一個令我欣賞的內在。

「嘖，看來也不是你。」

咋舌後，我再沒看過這個男人一眼，逕自離去。

再找下一個吧。

「那個……小憐同學，我已經喜歡妳很久了。」

「瞭解了。請問你有和我一同赴死的覺悟嗎？」

「是、是的。」

這樣說著的是一個身高約莫只有一百五十的靦腆男孩。比起男人，他給人的印象倒更像是小孩子。

第一印象只有矮小的這個男人，有些勇氣不足地說著願意和我一起殉情。

六天後……

「嗚嗚嗚嗚嗚……為什麼會這樣……我只是想要談個戀愛……媽媽！救命！」

就如看上去那般矮小而弱不禁風，蜷縮著身子，甚至不敢多看持刀的我一眼。

面對熾熱的感情，卻只能沒用地呼喊著自己的母親。

這樣的丟人的模樣不可能是我的白馬王子。

「覺悟完全不夠。」

把這個還沒長大的孩子獨自留在這，我收起刀子離去。

這個人也不對。

「嘿嘿。小憐美眉，有沒有興趣跟哥哥一起到處玩耍?我好喜歡妳，特別是那清純而下流的身子。」

「……你的意思我明白了，我能跟你交往，但你有一起死的覺悟嗎？」

「欸？是想跟哥哥我一起嘗試欲仙欲死的快感嗎？真是意外呢，我喜歡。我一定會跟妳做很多很多浪漫的事情哦，嘻嘻嘻嘿嘿嘿。」

這樣說著的是一個染著金髮、全身能穿環的地方都穿環、露出了下賤笑容的混混。第一印象就只有令人身心不適。

完全不能理解這種生物怎麼會出現在校園裡。

半天後……

「噫噫噫噫噫！瘋了！妳絕對是瘋了！妳這女人一百趴有病！」

先前把我帶到小巷裡用骯髒而下流的方式說著要讓我爽到飛起的他，結果在我一掏出刀子抵住他的脖子時，便開始慌亂的扭動身子逃竄。

「切，還敢說會跟我做很多浪漫的事情呢，這不連刀子都還沒扎下去嗎？」

這個人也不是白馬王子……不，這個人跟我一樣不是人類。

根據他的口述，他甚至有吸食毒品的前科，毫無疑問是一個敗類。

「小憐同學，請跟我交往。我身強體壯定能保護好妳。」

「請和我結為伴侶吧。妳我結合將締結最強大的契約。」

「您好，優雅美麗的女士。請和我共譜一段可歌可泣的愛戀之曲。」

在這之後我又談了好幾場戀愛。

肌肉猛男、中二病、英倫紳士……

各種類型的男孩子，有的是遞交情書、有的是當面告白，紛紛對我發出邀請，我也是一個結束便再接受一個。

對於每一任男友，交往前我都會向對方提問『願意和我一起殉情嗎？』。

他們的答案千篇一律，一個個都信誓旦旦、胸有成竹地回答。

然而只要我一暴露出真正的模樣，只要我一抽出藏好的利刃，沒有一個能夠信守當初的承諾。

就像那個不願和母親一起赴死的父親一樣。

或許，男人就是一種由謊言構成的生物也說不定。

體認到這點後，我的心境上逐漸有所轉變。

因為男人是會違背誓言的動物，所以光只是刀子還不夠，還得要有方法掌控才行，最近除了刀子外我也順便帶上了繩子。

掌控不能只體現在物理上。

我還想知道對方的行蹤、想知道對方在想些什麼、在做些什麼、此刻腦中有沒有老實記著與我的約定……我開始追蹤對方的手機信息和定位。

我知道自己變得歇斯底里，正逐漸走向癲狂。

但每一次拿刀指著各個男友時，那怦通作響的心跳聲絕不是虛假之物。

我感覺自己正透過這樣一次次的行動，一次次的戀愛，正在逐漸摸清愛情。

只要一個個篩選，找出那個最令我心跳不止的存在，和他一同迎來結局。

至今以來的追尋和那些瘋狂都會變得有意義吧？也能夠得到幸福，和母親一樣笑著辭世。

「（嘟嘟——嘟嘟——嘟嘟——）」

一個人想著這些的時候，手機突然響起了。

根據螢幕顯示，來電的人是我的父親。

「父親？怎麼了？」

「小憐呀，很久沒打電話過來了。妳最近在學校過得可好？」

「很好呀。怎麼了嗎？」

「怎麼說呢……就是……最近公司這邊和妳有關的經費欄目數字變有點大。」

嘖，最近做得太過火了。

老爺子他們為了幫我擺平這些事情，花費的數目開始大到會體現在帳目上了。

「這樣呀……我沒什麼頭緒呢。」

總之先裝死。

「來公司一趟吧，小憐。」

「……好。」

父親也不傻，沒戳破我的謊言，而只是把我叫過去。

看來沒能躲掉盤問的樣子。

「那個……怎麼說好呢……小憐？」

「怎麼了？爹地。」

場景轉換到父親的辦公室裡。我用甜美的嗓音向生父撒嬌，以此回應他的呼喚。

他坐在辦公桌後面，正搓揉著太陽穴，手拿一份報告書。盯著上頭記載的金額和文字陳述，面露窘色，嘆氣不斷。

「爸爸我聽說妳最近談了幾場戀愛對吧？」

「沒錯哦。」

「情竇初開，對異性開始產生興趣是青春期的象徵，不是件壞事。」

「對吧對吧？」

「不過……妳究竟是都做了些什麼？狀況看起來有點嚴峻。根據手上這份報告記載，封口後舉家搬遷都只是基本，這孩子還被妳弄出了創傷後症候群、這個似乎從此只要看到女性就會吐出來、還有那個只要看到尖銳的東西就會昏厥過去……雖然我們家不缺錢，但也不能讓妳這樣弄。」

父親一項一項仔細地指給我看。

告訴我那些和我分手了之後的前男友們現在的狀況。

「嘛，錢的事情都是小事，我真正擔心的是妳才對。妳還好嗎？」

「還好，談了幾場普通戀愛罷了。」

「我不認為兩個月內和十五個人交往能算是普通跟還好。而且根據紀錄，交往的時間似乎並沒有重疊，所以意味著並不存在劈腿行為。短短時間內，換過無數個男友。妳難道在追求什麼嗎？」

收斂起先前比較輕鬆的談話氛圍。

父親嚴肅地望著我的臉龐，很明顯他察覺到了些什麼。

想必就是這份機靈聰慧讓他把事業做大、賺盡各種鈔票、站上人類社會的金字塔。但……同時也是這份智慧讓母親飽受寂寞吧。

要是他夠笨該有多好，笨到能去追隨母親的腳步。

「……是的。我在追求，在追求那一天你沒能完成的事情。」

猶豫過後我還是把到了嘴邊的話說出口。

一聽到我的答案，父親變得神情黯然，嘴唇一開一合，像是想對我說些什麼卻又不知道該說些什麼。

「……作為父親我不希望妳重蹈覆轍，別像她一樣。」

用擔憂的眼神看向我，他語重心長地說著。

或許這句勸告作為長輩有其道理在，但不知怎麼的卻直接激怒了我。

「你懂些什麼！我不知道父親你在逃避什麼！我不知道那麼多錢可以做什麼！我不知道你每天埋首在疾病研究報告裡忙活些什麼！可是我知道那時候母親她想要的事情你沒有做到！」

我朝著父親破口大罵。

這是我有生以來第一次用這麼大聲而激烈的方式和自己的父親說話。

受到我的大吼後，他先是受到驚嚇，接著沉默好一陣子不發一語。

儘管這不該由我來做，我也沒有那個立場。

但心底某處我替母親感到不值得。

「……我努力過。我真的很想救她，但我失敗了。全都……失敗了。」

沉默良久過後，深吸一口氣，他像是在解釋般哽咽著說道。

看來他自己也曾經對此感到後悔過，是不是在哪個時間如果做了些不一樣的選擇，結局會有所不同。

或許是在最後追隨母親？或許是從一開始就多花點時間陪伴？

不過，早已經錯失的過去，不管事後如何追悔都沒有意義，猜測和假設亦同。

「父親……你不需要和我解釋……」

本來還有些想要抱不平的，但這些話實在不該由我來說。

……或許某一天在另外一邊相見時，能夠由母親親口對他說。

「那麼我先走了。」

告辭後，獨留黯然神傷的父親在辦公室裡平復傷痛。而我則是坐上由家中傭人駕駛的車子，回到諸多住所的其中一個。

車上的時間我不禁去思考。

不知道剛才父親他的眼淚是對哪個環節感到追悔不已呢？是為生前的缺少陪伴，還是對死後的殘留苟活。

猜不到，也不重要。

因為已經來不及了，重點並不是你做過什麼承諾或是說過什麼話，而是你有沒有在正確的時間把它實現。

要說這些日子的男友們教會了我什麼的話，那肯定是『言語本身毫無價值』這一點吧。

「……不要重蹈覆轍，不要變得像母親一樣？」

回到房間，我想起父親剛才對我說的話。

站在全身鏡前想確認自己現在看起來究竟是副什麼樣子。

恍惚間，彷彿看見鏡中自己的身影正和母親重疊著。鏡中的母親像幻影一樣虛幻飄渺，我觸碰不到她，但她卻伸出手來親暱地輕輕撫摸我的臉龐。

小時候率先察覺到母親身上異狀的我，現在卻變得和她越來越像，不論是體現在外貌還是內在。

「……母親，我正試圖完成妳的遺願哦。請在九泉之下好好看著我證明妳沒做錯，好嗎？」

想當然，映照出我模樣的光滑鏡面不會給予我任何回覆，由大腦製造而出的鏡中虛像在我需要回答時也不在那裡了。

「唔嗚嗚嗚……哈哈哈哈……哈哈哈哈……」

察覺到自己現在的狀態有多愚蠢後。

頓時，感到又想發笑又想哭，眼淚和笑聲都止不住。

——瘋子。

現在自己的一連串行為，不論任誰撞見這個畫面都鐵定會把我當成瘋子來看。或許，再過一陣子後甚至會變得連察覺自身異狀都辦不到吧。

自己最近的變化……

有時候情緒上來的時候覺得和平常的自己不是同一人，往往一回神就已經握住刀子了。

更強的控制慾、更強的妒意、更加熟練的使刀手法、更多不合格的男人。

一次次邂逅、一次次告白、一次次為愛持刃、一次次遭到背叛、一次次被稱為怪物、一次次失落。

殺、愛、殺、愛……

開始變得迷惘。

自己究竟是為了愛而殺，還是為了殺而愛？

原先本以為隨著不間斷的開始一段感情關係，我逐漸理解了愛情。但是無論怎麼看，自己現在又哭又笑的這副滑稽模樣實在不像是正確答案。

只要繼續堅持下去就好了吧……

肯定某一天會想明白。

那麼今後果然也……

「妳好。我仰慕妳很久了，請接受我愛的告白。」

轉眼間，場景又來到熟悉的學校後方。

「好的。請問你有一起赴死的覺悟嗎？」

今天，果然也去親吻醜陋蛙類吧。

——直到找出王子為止。

終章　那一天，兩個怪人相憫相憐

精神恍惚著，也不知為何自己會想在這樣的雨天外出。

我猜或許只是厭煩了待在只有自己的家裡面吧？

就這樣沒有目的地盲目亂走，最後停在了好幾個社區外的一個小公園。

啪搭啪搭的連綿雨水連續不斷地砸在傘上，像是要突破這層防護直擊我空無一物的內心似的。

有一瞬間也曾想過把傘丟到一旁，讓雨水滴落在胸膛，希望藉此能在空盪的心中激起些許漣漪。

但最後還是沒那麼做，因為會感冒。

獨自生活的最底限義務就是照顧好自己，試著不讓自己死掉。雖說一了百了可能很輕鬆，但世界上還有這麼多人正痛苦掙扎的活著，怎麼可能自私地死去，那無異於是在藐視那些人的努力。

要是有個人願意代我動手，我倒是很樂意慷慨赴死。

不過即使我死去大概也不會有任何一人替我感到難過就是，總的來說依舊還是白死。不如說，我本來也就是在白活。

所以可能要更改一下條件。

要是有人能代我動手，並賦予其意義，那我絕對願意微笑著赴死。

驟雨連連的公園裡，此刻只有我一個人打著傘思索著生命的價值，獨享著這一份寂寥。

原本是想這樣說的。

直到我注意到雨勢磅礡的公園裡，有個和我同齡的女孩子正兩隻手握住小刀坐在長凳上，沒有打傘的狀態下渾身被雨水浸濕。

儘管，無論怎麼看對方都是很不妙的危險人物，但我卻還是無畏地走向她的身邊坐下。

我不認識她，但我認得她臉上的那種表情。

那上面寫滿了渴望被人需要的落寞，就和我一樣。她是我的同類。

「妳忘了帶傘？要一起撐嗎？」

因為我突如其來的搭話而抖了下肩，有些驚訝的看了下我後連忙抹了抹濕紅的眼睛，隨後對我搖了搖頭。

從舉止來判斷，似乎正哭過。

「是嗎？」

對方似乎不想跟我一起撐傘的樣子，所以我打著傘坐到了她旁邊，看著無情的雨水一次次滴落在她纖細的身軀。

「那個……你不害怕我嗎？」

對方有些警戒地握緊手上的小刀，隨後問道。看來不僅對方在我眼中看起來像危險人物，我在她眼中亦如是。

「我需要嗎？」

調侃般地反問。

「你還真是個怪人。」

「彼此彼此吧。」

「為什麼接近我？」

「就因為……我是個怪人。」

對話有一句沒一句地進行著。

說實話，就連我自己也不知道為什麼會決定在她旁邊坐下，所以自然無法給予些正經回答。

是因為對方手中利刃那致命的吸引力嗎？又或者是對方端正的臉孔？還是因為她身上散發著和自己相近的氣息？

我沒有答案。

「嘖。」

「想聊聊嗎？」

「不想，為什麼我非得跟你這可疑人士聊聊不可？」

擺出了臭臉和明顯警戒，少女一口回絕了我的提議。

「因為我看妳像是個有故事的人。而且拿著把刀在雨中啜泣的美少女，怎麼可能有人不在意？」

我隨意說著些理由敷衍，打哈哈似地說道。

而這時坐在旁邊的女孩子突地執起手中的利刃將之架在了我的喉嚨。

「像這樣探聽別人的事情很好玩嗎？」

似乎對於我這樣刺探隱私的行為相當鄙夷，頓時語氣中充滿著怒意。

那對漂亮雙目正惡狠狠地瞪著我。

「若這是妳所期望的話……只管揮下。我對這個世界而言本就可有可無，這條爛命想要就儘管拿走吧。這也不是我第一次面對惡意和暴力了，起碼人生的最後可以讓另外一個被生命厭惡著的人用作發洩，也算值得。」

盡量不去吞口水地說著，因為我擔心吞嚥的動作會使喉結碰觸到緊貼著的刀鋒。我的確不畏懼死亡，但對疼痛卻還是說不上喜歡。

「……哼，果然是怪人。」

聽了我的話後對方睜大了雙眼，像是在看著沒見過的生物一般。

看來我沒有如她所願的那般求饒和露出恐懼的臉龐，使得她格外訝異。

不過她並沒有因此把那支刀子從我的脖子前抽離。

「嘿嘿，我早說過了吧。彼此彼此。」

「我承認你跟一般人不太一樣。所以，我會如你所願地說起自己的故事。」

就這樣，少女一邊拿刀架著我的脖子數分鐘，一邊淋著雨將哭泣的理由和自己的故事娓娓道來。

故事的前半段就像爛俗的少女漫畫發展那般。

在學校的某棵有著『在此告白成功的兩人會永遠在一起』傳說的大樹之下，作為她學長的男性向她進行告白。

學長是個運動系社團的主將，身材高挑、長相也很英俊，這樣的配置說是校草不為過。

坐在我旁邊的美少女當時則是在眾人的翹首以盼下答應了他的告白。

果然，能夠成功追求到窈窕美女的都是像這樣子的人生勝利組，對此我只想說世界真殘酷。

俊男配美女。

浪漫且人人稱羨的條件下，兩人本應享受一段青澀而又美好的戀愛。

然而事實卻是……

「……學長他明明說過只愛我一人，生死與共。結果卻被我抓到他劈腿的事實，犯行敗露的時候卻還反過來指控我太過嚴格、言行偏激、控制狂、缺乏安全感……等等。最後甚至是主動跟我提出了分手。」

說起自己故事的少女顯得有些心情低落，說話的過程中也偶爾伴隨著幾聲啜泣哽咽，變得像是我搭話之前的樣子，甚至都忘了要繼續拿刀抵住我的喉。

畢竟是被自己喜歡的對象給討厭了。

雖然那些控制行為我不能完全苟同，但情感上卻是可以理解的。

不過就前面她的故事敘述聽來，我的理解是那個所謂的學長似乎也沒有劈腿的樣子，只是因為難以忍受女友的時刻掌握，和一些異性友人哭訴並尋求解決辦法而已。

綜上所述，我推斷眼前這孩子似乎有些不太正常，其中又特別是對於愛情的價值觀尤其如此。

「那個……雖然分手之後大家對感情收尾的流程都大同小異，但既然都聊到了的話，不妨繼續和我說說？」

說話的過程裡雨勢逐漸地變小，在這樣的情況下她臉上的兩行淚痕就變得更加顯眼了。

「我在半夜去到學長他家，從窗戶溜進去提出要跟他一起殉情。」

「……基於什麼樣的邏輯讓妳得出這種想法的？」

儘管是對任何事都見怪不怪的我也還是被她的話嚇到了。

不過就是分手而已，至於嗎？況且，現在年輕人對感情的普遍看法難道不都是像這樣隨意開始再隨意結束的嗎？

「因為，我不想活在沒有對方的世界裡。和之前的幾任男友我也都是像這樣子做的，但願意和我一起共赴黃泉的卻一個也沒有，一個個都屁滾尿流的跪著求我放過他們。」

口。

這倒是理所當然，怎麼可能為了一段感情說死就死？

告白的時候，人們總是隨便的將『今生幸福與共，同生共死』這樣規模的山盟海誓說出

但真正理解其含意並能將其兌現的又有多少？世界上有太多不負責任的承諾。

「吶，作為怪人的你眼裡來看，我這樣很奇怪嗎？」

紅著眼眶的少女，向我問著。

若不是因為手中拿著的那把刀，她就像其他這個年紀的女孩一樣，脆弱而又多愁善感。

我想她或許本性並不壞，只是個性和價值觀使然，令她的愛異常沉重。

找不到一個人能夠承擔那近乎瘋狂的愛。

「嗯……說實在，確實很奇怪。」

「這樣呀，果然呢。大部分人都是這樣講的，哈哈哈。抱歉，打擾了。」

從我口中得到這樣的答案後，女孩尷尬地笑了幾聲起身便想離開。

也是啦，此時雨也接近停了，只剩幾滴的毛毛雨，已經失去停留在此的意義。

天晴了、淚乾了，狗屎般的人生還是得不停歇地繼續下去。

「不過……有點羨慕呢。」

我有感而發地評道，而這不經意的發言卻使得女孩停下離去的腳步，回頭看向仰坐在公園長凳上看著天逐漸放晴的我。

「蛤？」

「我的意思是，有點羨慕那個學長。」

「……嗯？你在胡說些什麼？」

「我的一生從來沒有得到任何關愛，亦不曾被人需要過。」

「我覺得能被另一個人這般渴求需要，並被愛到願意一起赴死，沒有什麼比這更浪漫了對吧？只是稍微有些羨慕。」

本來想大聲斥責我胡言亂語的女孩，卻在聽完我的話後定格在原地。

而就是在此時，我注意到雨完全停了，太陽就彷彿是要彌補剛才的雨天般傾盡全力地閃耀著。

「找到了……終於找到了……」

「嗯？找到了什麼？」

「你！」

女孩摀住雙頰激動地說道。

眼淚又不爭氣地奪眶而出了，但這次的淚似乎跟先前看到的有所不同。

說起來，她還真是個愛哭泣的孩子。

「我、我……我？」

「對，像你這樣能理解我愛情的還是第一個。雖然很突然，但請跟我交往！」

「欸？嗯？嘿？這麼突然的嗎？這難道是什麼三流的戀愛喜劇不成？」

「你逕自坐到女孩子旁邊，光憑這點就可以視為是搭訕對吧？況且，這樣的發展對你來說不也挺好的？我姑且算是美少女哦。而且，不僅胸部很大還是個未經人事的處女，你絕對不吃虧的。」

掃視了下對方的臉蛋和身材，不禁咽了口水。

說來也是，的確是不吃虧。

「不對不對！話說，為什麼我非得跟妳這種在公園裡拿著刀子的可疑份子交往不可？」

「欸？你剛才都那樣向我瘋狂示愛過了，現在卻要打退堂鼓嗎？」

「不是，我什麼時候做過那種事了？」

我可不記得剛才為止我有做過類似的事情。

也不知為何地立場突然反轉，突然就被這妹子給纏上了。

原先只是在雨天裡看到同類而上前搭話，怎麼也沒想到就豎起了戀愛旗，這是什麼不入流的狗屎小說情節？

「……嘛，那就姑且當作沒有吧。對了對了，剛才問我要不要一起撐傘對吧？現在的我想和你一起撐傘。」

「現在雨不是已經停了嘛！」

說著，便無視我的吐槽擠到我旁邊，抱住我的手臂和我同撐一把傘。

「有什麼關係嘛。我叫做小憐，你大概逃不掉了，以後就請多指教囉！」

女孩笑著緊抱著我並對我作了遍自我介紹。

看來我孤獨的人生就此闖進了一位意外的訪客。

嘛，或許不是件壞事也說不定。

「看起來的確是這樣沒錯……我叫憫人，請多指教。」

有鑒於，對方是個有著『在半夜從窗戶闖進前男友家提出殉情邀請』這種高行動力的女性，我深深相信她口中的這句我逃不掉了絕不會是嘴上說說而已。

我只得半推半就地接受她的提議，並報上自己的名字。

「嘻嘻嘻嘻，我找你找了好久呢。」

開心地將腦袋放在我肩上並愉悅甩動著雙腿的這個女孩，完全想像不出是剛才在雨天裡那個被我在心裡標記為危險人物的傢伙。

這個高興得像笨蛋一樣的表情也和初見時完全不一樣。

溫順的模樣彷彿小貓看上去相當地可愛，這就是戀愛中少女的魅力嗎？

就在我這樣想著的時候，她冷冷的補上了一句。

「對了，要是有劈腿或想要分手的意圖的話，要做好馬上殉情的準備哦。」

嗯，果然。可愛歸可愛，但危險的成分絲毫不減。這哪裡是什麼小貓，分明是豹吧？感覺稍有不慎就會死得很慘。

「啊哈哈……啊哈哈哈……啊哈哈哈……」

「我是認真的哦。」

「……」

看我想要用乾笑敷衍過去，她用有點滲人的表情重申立場，令我只得噤聲。

面對沉默不語的我，叫做小憐的這個女孩沒有一絲尷尬，只是更加了幾分力地抱住我的手臂，那開心的模樣簡直就像是小孩子好不容易找到喜歡的寶物不願放開的樣子。

雖然不確定這樣的結果是好是壞。

但心裡確實久違地流過了一絲暖流，就彷彿這將近十年來停止跳動的心臟，又一次重新悸動般。

或許活過至今為止痛苦的人生就是為了這次相遇也說不定。

也許生命也不總全是災難？

「要是非得殉情的話，你比較喜歡投江、服藥、上吊、還是刀子？順帶一說，我的話是刀子！」

當我沒說。

我想我遇上的這樁很有可能是迄今為止最大的災難。開始能夠理解她的前男友們為什麼會紛紛下跪求饒了。

「嘛，殉情雖然也很浪漫，但直到那麼做之前，你能再稍微多陪陪我嗎？」

少女握住我的手，十指交扣，緩慢說著。

「如果妳不介意是我的話。」

暫且忘記剛剛受到的死亡威脅，我回握住對方並同時說道。

隨著這句話，兩人相視而笑。

兩個同樣寂寞的怪人，在大太陽底下卻同撐一把傘。

奇怪的對象、奇怪的戀愛，搭配這樣奇怪的相遇，只能說再合適不過。

番外　病嬌女友和刺不下手的刀

熟練的綑綁住後騎到對方身上進行壓制，我用刀子指著對方的眼窩。

「……抱歉，我知道你肯定也覺得我有病對吧。」

坐在他身上的我有些難過的說著。

儘管眼前的他曾在那個相遇的雨天多次對我表示理解，但當真正刀子來臨時又會怎麼想呢？

雖然我真的很想得到這個人的愛和認同，但老實說遭到背叛的經驗已經多到我不敢去抱有太大的期待了。

唯有這樣才能保護自己的心不被失落感所擊潰。

現在正上演的這一幕以前也曾見到過很多次。

每一任的男友只要和我發展到這個階段，不管之前曾和我有過什麼樣的約定，擅於言辭的小嘴說過多少甜言蜜語。

最後都會在這裡露出醜態。

驚慌失措地扭動身子試圖掙脫我的愛，並朝我破口大罵。

無一例外……所以這一次應該也……

「不那麼覺得哦。」

「我很喜歡妳。」

然而這次的他卻沒有如腦中所想般那麼做。

臉上沒有表現出任何恐慌，就只是靜靜地盯著離他瞳孔僅有幾公分近的刀尖。

然後緩緩從口中吐出了兩句簡潔扼要的語句。這兩句話甚至都有那麼點前言不對後語。

他不畏懼嗎？

「……為什麼？為什麼沒有掙扎反抗？我現在就要取走你的命囉？」

這次的他為什麼和先前的每一個他都不一樣呢？

人類在面對危險或威脅時拋棄曾經掛在嘴邊的感情和誓言，這難道不就像約定俗成般那樣理所當然嗎？但是他……

「嗯。因為之前和妳說好了會跟妳一起死對吧？這段時間真的好快樂，和妳相處的每一天都像是珍貴的寶物。我從來沒有感到後悔過，而且妳是因為很愛我才這麼做的對吧？感覺……有點高興。」

他欣慰笑著和我溫柔地說著。

那個表情……看上去無怨無悔……好幸福。

就像母親臨終前的笑容一樣。

是深刻愛著對方，不惜一起殉情陪葬。如火似焰的熾熱情感，閃閃發亮好耀眼。

「那、那我就……我就……刺下去囉？」

正當我顫抖著身子說著並打算下刀時，卻發現眼眶被淚水弄得濕潤，視線也逐漸模糊。

啪搭、啪搭、啪搭……

一顆顆的淚珠從眼中奪眶而出，好似那天下的雨一樣。

「不刺嗎？」

臉龐被我的淚水滴到後一次也沒眨過眼。

依舊是那樣溫柔的聲音，既像是催促又像是提醒般地說著，沒有逃避地直視著我的雙眼。

每次聽到他用這樣的聲音對我說話，看到那個發自內心喜歡和我待在一起的笑容，自己的心跳就不爭氣地停頓一拍。

「真的……真的很喜歡你……好想和你一起殉情……但是不知道為什麼……偏偏刀子就是揮不下去……眼淚……眼淚也止不住……」

明明我也那麼喜歡在一起的時光，明明就在剛才也確定了他就是我最喜歡的人。

然而，持刀的手卻怎麼也拿不出力氣，單單只是握緊刀柄都快要維持不住。

「怎麼辦……刺不下去……可是我真的很愛你……怎麼這樣……」

明明在此之前不曾遇過這種狀況的。

好不容易遇到一個真心想一同去死，也願意追隨我一同去死的人。

此刻，滿腦子只想揮動銳器。

用從母親那學到的方式證明自己的愛，讓彼此體內的鮮紅綻放。

可是……

「那麼，等改天再殉情不就得了嗎？」

用充滿體貼包容的視線注視著正在掙扎猶豫的我，出言打斷我正進行的動作，使顫抖著持刀的手暫且停下。

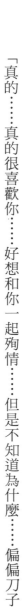

「……欸？」

「我的意思是不用勉強自己，等哪天下定決心的時候再來殉情吧。我既不會逃也不會躲的，在那之前的每天都會甜甜蜜蜜的一起度過。不論是活著還是死去，我都不許妳感到寂寞。」

聽到他這麼說，突然間鬆了一口氣。

是嗎？只要等到能下手的時候再隨時下手就好？

茅塞頓開後剛才一直緊繃著的身子也完全失去了力氣，而他則藉此機會不費力地從我身下掙脫，把頭倚在我的肩上。

明明知道承諾根本沒有意義，但不知為何，他的話卻讓我很想相信。

「以後也請多多指教囉。」

接著，在我耳邊輕輕說著。

隨著這句話，矛盾的情感令眼眶中的淚水潰堤而出。

手上的刀子也掉落在地發出金屬音。

我的心因為沒能動手殺掉他而感到可惜，但與此同時卻又因為沒真的下手而感到心安。

「唔……嗯……請多指教。能再告訴我一次你的名字嗎？」

我一邊啜泣著一邊再次詢問了他的名字。

儘管早就知道了，但這個時候就是希望他能對我親口說一遍。

「憫人。是說妳不是已經知道了嗎？」

「……為了不再忘記這個名字。」

因為他不一樣。

憫人和過去每一個『他』都不一樣。

這個名字對我來說代表最重要的人，這輩子都不會再忘記了。

「是嗎？」

「嗯，這樣就不會忘記你了。」

這是發生在那個雨天以來滿一個月時候的事情，是我第一次拿刀指著他。

不像之前的那些『他』們。

這次的這個男人很特別。

我想我一定會很珍惜他，而他也會很珍惜我。

「吶。你會覺得我可怕嗎？像怪物一樣？」

「……胡說些什麼呢。怎麼可能那樣看待自己的女朋友嘛。」

「那萬一某天真的變成怪物了呢？會討厭我嗎？會丟下我嗎？會用恐懼害怕的眼神看著我然後棄我離去嗎？」

「雖然沒有根據，但我覺得不管妳變成什麼樣我都不會拋棄妳。」

「真的真的？變成怪物也不會？像邪神一樣長出八隻腳也不會？像電影般頸部扭轉一整圈也不會？」

「那樣的話還真就有點可怕……但我想即使到了那個時候也不會。起碼我會想要到妳身邊了解一下發生了什麼事情，順便再研究這症狀治不治得好。」

「……什麼嘛那是。把別人當成專題研究一樣的說法。那萬一治不好呢？」

「真到那時候的話，就多陪陪妳吧。起碼也能逗妳開心，讓妳忘記自己多長出來的腳或者扭轉成奇怪角度的脖子，這種糟心事。」

「哈哈哈，你在胡說八道些什麼嘛。那個畫面也未免太好笑了。」

我不禁被他口中描述的情景給弄笑了出來。

「看吧，這不就逗妳笑了嗎？」

「……真是的。這樣氣氛不就嚴肅不起來了嗎？殉情的心情也沒有了，今天果然就先算了吧。」

在兩人的笑談中，殉情之事不了了之。

沒有指著我罵怪物。

相反地，願意陪在我身邊逗我開心。

一個接納了怪物的白馬王子，一個沒有辜負承諾的男孩子。

真的被我給找到了。

「要不要……從今天起搬過來跟我住？在依約殉情前想盡可能多和你相處。」

「什麼嘛，看不出來親愛的這麼愛撒嬌。」

「不、不是。呃……不願意嗎？」

臉紅著再次詢問的樣子，好可愛。

我男友好可愛，好想殺。

「當然好。請多指教，親愛的。」

就這樣。

第一次嘗試殉情沒有成功的我們開始了同居生活。不知道會試到第幾次才能殉情成功。

想像了一下，一直這樣糾纏到兩人都白髮蒼蒼或許也是很不錯的生活。

開玩笑的。

雖然那樣也很棒，但想起自小就一直憧憬著的那畫面，果然就是想殉情一次看看呢。尤其是在那個男主角的模糊臉龐逐漸清晰的現在，想這麼做的慾望只增不減。

最後，就像所有童話故事的 Happy End 那樣。

可喜可賀，可喜可賀。

公主和王子幸福快樂的生活著……並不是那樣。

結局是怪物和理解了牠的怪人幸福快樂的同居著。

……異於常人的主角、不討喜的劇情、莫名其妙的故事內容。

最後卻出人意料地搭了個快樂結局。

如果以童話故事的角度來評斷的話。

——想必，這肯定會是一冊很奇怪的繪本吧。

國家圖書館出版品預行編目資料

病嬌女友Love x Diseas／蓋子打不開著. --初版.--臺中市：白象文化，2021.2
面； 公分.——（說，故事；93）
ISBN 978-986-5559-48-9（平裝）

863.57 109018867

說，故事（93）

病嬌女友Love x Disease

作　　者　蓋子打不開
校　　對　蓋子打不開
專案主編　吳適意
出版編印　吳適意、林榮威、林孟侃、陳逸儒、黃麗穎
設計創意　張禮南、何佳諠
經銷推廣　李莉吟、莊博亞、劉育姍、王堉瑞
經紀企劃　張輝潭、洪怡欣、徐錦淳、黃姿虹
營運管理　林金郎、曾千熏
發 行 人　張輝潭
出版發行　白象文化事業有限公司
412台中市大里區科技路1號8樓之2（台中軟體園區）
出版專線：（04）2496-5995　傳真：（04）2496-9901
401台中市東區和平街228巷44號（經銷部）
購書專線：（04）2220-8589　傳真：（04）2220-8505
印　　刷　基盛印刷工場
初版一刷　2021 年 2 月
定　　價　230 元